Brigitte Hutt

Zwischendrin mittendrin

Erzählungen

Brigitte Hutt

Zwischendrin mittendrin

Erzählungen

Bibliografische Information der Deutschen Nationalbibliothek:
Die Deutsche Nationalbibliothek verzeichnet diese Publikation
in der Deutschen Nationalbibliografie;
detaillierte bibliografische Daten sind im Internet über
http://dnb.dnb.de abrufbar.

© 2019 Brigitte Hutt

Herstellung und Verlag:
BoD – Books on Demand, Norderstedt

ISBN: 978-3743103399

Inhalt

Vorwort 7
Erster Teil: Zwischen Kindern und Menschen, die sich für erwachsen halten 9
   Suleika 10
   Verpasst 13
   Poponeh 15
   Ein ganz normaler Nachmittag 18
   Behütet 23
   Plädoyer für einen braven Jungen 28
   Die Busfahrt 31
   Wie alles ganz anders kam 37
   Die Qual der Wahl 43
Zweiter Teil: Zwischen Traum und Wirklichkeit 47
   Moose Crossing 48
   In der Kantine 51
   Vollmond 53
   Neunzig Minuten 57
   Chalki 60
   Rhyolite 65
Dritter Teil: Zwischenmenschliches 73
   Flirtportal 74
   Tagträume 77
   Herr und Frau Schmitz 83
   Durch die Karrierebrille 86
   Taxi zum Bahnhof 91
   Spur des Lebens 95
Vierter Teil: Zwischen den Türen 99
   Nur Fernsehen ist schöner 100
   Blendende Sicht 102
   Bildungsreisen 104

Hilfe	106
Party	108
Gartenlust	110

Fünfter Teil: Zwischen den Kulturen ... 113

Die guten alten Zeiten	114
Flucht	116
Die Dose	120
Einmal noch	124
Amelé	127

Sechster Teil: Zwischen den Welten ... 131

Natur Schutz Vision	132
Waschgänge (Wenn du mal reden willst)	134
Elefantentrauer	140
Kollision	145

Siebter Teil: Zwischen Recht und Gesetz ... 149

Integrativ und kooperativ	150
Das Auge	154
Schmiede Am Hof	157
Der Blick	162

Achter Teil: Zwischen den Jahren – Weihnachtszeit ... 165

Advent heißt Ankunft	166
Ein ganz kleines Weihnachtswunder	171
Noch eine Weihnachtsgeschichte	176
Zum Feste das Beste	181

Letzter Teil: Zwischen allen Stühlen ... 185

Utopie Zeltlager	186
St. Bartl	189
Eine Abschiedsrede	196

Vorwort

Leben ist interagieren. Niemand existiert für sich allein. Und wenn man das Leben oder zumindest den Ausschnitt, der dem einzelnen Menschen vergönnt ist, genauer anschaut, erkennt man eine Unmenge von Geschichten, die es wert sind, erzählt zu werden.

Kurzgeschichten sind ein wenig aus der Mode, bedauerlicherweise. Aber in der Zeit der Kurznachrichten und Abkürzungen wäre es vielleicht sinnvoll, sie wieder der Aufmerksamkeit der verbliebenen Leser zu empfehlen, die dann gut *zwischendrin*, zum Beispiel zwischen zwei S-Bahn-Stationen, *mitten* in eine Geschichte eintauchen könnten!

Dies sind Geschichten zwischen Menschen, zwischen Mensch und Natur, Mensch und Technik, Gut und Böse, Sollen und Wollen, zwischen realem Leben und Fantasie oder gar Satire – eben Geschichten „zwischen". Daher dieses Buch, in dem ich von allen „Zwischengeschichten", die mir in meinem Schreiberleben bisher gelungen sind, diejenigen gesammelt habe, die mir wichtig sind. Wer oder was mir die eine oder andere Inspiration dazu gegeben hat – das wäre ein eigenes Buch wert.

Den Begriff „Zwischengeschichten" verdanke ich einem Freund, der meine Antwort auf die Frage, was meine Geschichten denn sein sollen, in treffender Weise mit diesem Wort zusammengefasst hat. Ihm sei das Buch gewidmet.

Brigitte Hutt 2019

Erster Teil: Zwischen Kindern und Menschen, die sich für erwachsen halten

Die spannendsten Szenen spielen sich ab zwischen Menschen, die in unterschiedlichen Welten leben, die einander nicht oder nur bis zu einem gewissen Grad verstehen – sich das aber nicht klar machen.

Das erleben wir tagtäglich zwischen Erwachsenen und Kindern. Vieles von dem, was uns an Kindern oft zur Weißglut reizt, erschließt sich, wenn man sich einen Augenblick des Nachdenkens gönnt (den man aber meistens erst später findet), aus ihren abweichenden Bedürfnissen, aus ihrer eigenen Weltsicht, ihrem eigenen Universum, das, je jünger sie sind, noch Traum und Wirklichkeit auf wunderbare Weise miteinander vermischt.

Gönnen wir uns, ihnen zuzuhören, mit dem Respekt, der einem jeden Menschen zusteht.

Suleika

Die Straße war eher heruntergekommen. Ein paar Autos am Straßenrand, Abfälle im Wind, tagsüber kaum einmal jemand unterwegs. Auf meinem Heimweg kam ich oft hier durch, es war eine Abkürzung, wenn auch keine schöne. Rechts Mietskasernen aus den 30er Jahren, dunkelgrau geworden vom Schmutz der Stadtluft, Graffiti an den Sockeln, links noch viel ältere kleine Häuschen, dicht aneinandergedrängt, als ob sie allein nicht aufrecht stehen könnten. Dazwischen hin und wieder ein schmaler Spalt, in dem sich Unkraut und Mülleimer um den wenigen Platz stritten.

An einer dieser Lücken stand ein kleines Mädchen, vielleicht sieben, acht Jahre alt, mit dem Rücken zur Straße, die rechte Hand an einem Mülleimer, die linke am Putz des Hauses, an den sie auch ihren Kopf lehnte, das Gesicht unentwegt in den Spalt gerichtet. Ihre Haare waren lang und ein wenig wild. Sie trug eine gestreifte Kapuzenjacke und geblümte Hosen, dazu rosa Schuhe, mit denen sie sich von Zeit zu Zeit abwechselnd das eine oder andere Bein scheuerte.

Ich hatte sie hier noch nie gesehen, das war keine Gegend für Kinder. Langsam trat ich näher. Sie beachtete mich nicht, wandte mir nach wie vor ihren Rücken zu.

„Wohnst du hier?", fragte ich freundlich. Sie reagierte nicht.

„Hast du dich verlaufen?", fragte ich etwas lauter.

Sie wandte den Kopf kurz zu mir, schüttelte ihn energisch und richtete ihn wieder in den Häuserspalt.

„Was tust du denn da?", fragte ich weiter. Keine Antwort. Ich überlegte, ob ich sie einfach ihrem Schicksal überlassen sollte, aber sie war doch noch so klein!

„Ich passe auf sie auf", hörte ich sie plötzlich flüstern.

„Was?"

„Ich passe auf sie auf", kam es etwas lauter, „damit ihr nichts passiert!"

„Wem?", fragte ich verwirrt.

„Suleika."

Ich überlegte. Womit beschäftigten sich Mädchen? Wer hieß so?

„Ist das eine Katze?", fragte ich schließlich.

„Nein!", kam es sehr empört zurück. „Eine Prinzessin!"

„Ach so", sagte ich unwillkürlich. Sie spielte. Sie ließ ihrer Fantasie freien Lauf.

Mit dem Instinkt des fantasiebegabten Kindes spürte sie meinen Unglauben und wandte mir zum ersten Mal ganz ihr Gesicht zu. Große braune Augen musterten mich, ihre Stirn war in Falten gelegt.

„Ja!" sagte sie, sehr bestimmt. „Sie ist wunderschön, aber eben sehr klein. Also muss ich auf sie aufpassen. Sie hat einen langen goldenen Mantel an und ein winziges Krönchen mit zwei", hier hob sie die Hand und stach mit dem Zeigefinger zweimal in die Luft, „Edelsteinen."

Schon hatte sie sich wieder umgedreht und starrte konzentriert in den Häuserspalt. Ihre Hand spielte mit dem bröckelnden Verputz, die Finger alles andere als sauber.

Was nun? Ich konnte sie doch hier nicht so stehen lassen. Wer weiß, wohin ihr Spiel sie noch trieb.

„Verrätst du mir deinen Namen?", bat ich schließlich.

Wieder flog der Kopf kurz herum. „Verrätst du mir *deinen* Namen?", war die Antwort, und der Kopf flog zurück.

Ich seufzte. „Ich würde dich auch nach Hause bringen", bot ich an.

Sie hob abwehrend eine Hand, und ich hörte nur ein aufgeregt geflüstertes: „Jetzt!"

Unwillkürlich sprach ich nicht weiter, hielt fast den Atem an.

Dann sprang sie zurück mit einem Jubelruf: „Gerettet!"

Kurz winkte sie in den Häuserspalt und dann auch zu mir und rannte die Straße entlang. Ich sah ihr nach, bis sie außer Sicht war, dann blickte ich neugierig in den Spalt. An der Hauswand sah ich eine feuchte Spur, und unten, schon fast unter einem Löwenzahnblatt verschwunden, eine braune, nein, goldene Nacktschnecke.

Verpasst

Schule ist öd. Sicher, die Lesebuchgeschichten sind nett, aber wenn man meint, jetzt wird es gleich spannend, dann sind sie schon aus. Gar kein Vergleich zu den Büchern aus der Bibliothek. Leider erlaubt die Mama immer nur eines in der Woche, weil Sarah da mal eines verschusselt hat, was die Mama dann bezahlen musste. Keine Ahnung, wo das hingekommen ist, es ist nie wieder aufgetaucht. War aber auch nicht so spannend. Da ging es auch um Schule, um einen Mathelehrer. Das muss man doch nicht lesen, das hat man ja hier selbst, wenn auch mit einer Lehrerin.

„Sarah! Träumst du wieder?"

Sie schreckte auf und schaute Frau Becker geradewegs an. Die lächelte und fragte: „Also, Sarah, hast du die Aufgabe gelöst?"

Sie nickte.

„Und sagst du uns, was herausgekommen ist?"

„Vier", sagte Sarah leise.

Die Lehrerin nickte zufrieden und wandte sich wieder der Tafel zu.

Minusrechnen ist öd, dachte Sarah, aber so schwirig doch auch nicht. Über den Zehner, ja, da wird es schwieriger, aber Frau Becker ließ einem doch immer genug Zeit. Niko und Lara hatten es trotzdem meistens nicht raus, und dann erklärte und erklärte Frau Becker, und für Sarah blieb Zeit, an etwas anderes zu denken.

Manchmal fiel ihr dann gar nichts ein, und dann hörte sie Frau Becker zu. Heute musste sie immerfort an Bücher denken, denn heute durfte sie wieder in die Bibliothek. Mit Oma, denn Mama war krank. Warum die Mama wohl krank war? Wenn Sarah krank war, dann hatte sie Schnupfen oder Husten oder Bauchweh. Bei Mama war das anders. Da sah man gar nicht, was sie hatte. Na, vielleicht doch Bauchweh. Die Erwachsenen weinen dann ja nicht.

„Sarah? Meinst du, du musst nicht mitschreiben?"

Sie blickte Frau Becker an. Die wies auf die Tafel. Da stand etwas Neues. Sarah nahm schnell ihr Heft und schrieb es ab. Das waren wohl schon die Hausaufgaben. Komisch, sonst gab es immer welche aus dem Mathebuch. Das Mathebuch war eigentlich das langweiligste überhaupt. Aber in diesem Schuljahr waren ein paar Geschichten drin, nur musste man die selbst zu Ende bringen, und dazu musste man immer rechnen. Das hieß dann Textaufgaben.

Als Sina, ihre Banknachbarin, laut „Ja!" jubelte, blickte sie auf. Sina und einige andere hatten ein bunt eingewickeltes Schokoladetäfelchen vor sich liegen. Dann waren das nicht die Hausaufgaben gewesen, sondern Wettrechnen. Mist, das hatte sie verpasst.

Poponeh

„Und was wünschst du dir zum Geburtstag, Klara?"

„Ach, am liebsten hätte ich – ein Poponeh."

„Ein was?"

„Ein Poponeh. Mit Glitzer!"

„Oh. Ja." Patentante sein ist nicht immer einfach. Zumindest nicht mehr, wenn die Kinder in ihr ganz eigenes öffentliches Leben hinaustreten und unweigerlich eine Sprache lernen und sprechen, die die Generation davor nicht recht nachvollziehen kann. Aber Corinna war fest entschlossen, sich als modern und aufgeschlossen zu erweisen, koste es, was es wolle.

Poponeh. Das erste war natürlich, im allgegenwärtigen und allwissenden Internet zu suchen. Fehlanzeige. Es gab das italienische popone, das definitiv nicht auf dem abschließenden e betont wurde, und es gab Pooneh, das aus einem sehr fernen Sprachbereich stammte, und das zweite „po" in Klaras Wunsch war deutlich gewesen. Auch einige weitere Recherchen auf Websites, die etwas mit Kindern zu tun hatten, waren ergebnislos, führten höchstens zu „Popsongs" oder „Popeye". Den letzteren kannte Corinna noch aus ihrer eigenen Kindheit, der war damals schon nichts Neues gewesen. Na gut, musste sie sich halt outen. Sie ging tapfer in ein Fachgeschäft mit dem Namen „Alles fürs Kind" und erkundigte sich.

„Poponeh?" Die schmucke Verkäuferin schaute sehr ratlos. „Und die Kleine wird sieben? Fragen Sie mal in der Spielwarenabteilung, vielleicht wissen die mehr."

Corinna fragte sich durch. Nicht nur in der Spielwarenabteilung, auch in einem Sportfachgeschäft, bei Schreibwaren und Schulbedarf, bei Süßigkeiten und in der angesagtesten Boutique der Stadt. Fehlanzeige.

Zuletzt, nur noch eine gute Woche vor Klaras Geburtstag, rief sie Klaras Mutter an. Die wenigstens wirkte immer so, als ob sie die Spezialausdrücke ihrer immerhin drei Kinder perfekt drauf hätte. Aber auf die Frage nach Poponeh kam nur eine lange Pause.

„Was soll das sein?"

„Das frage ich ja dich!", rief Corinna verzweifelt. „Sie wünscht es sich, und ich kriege nicht heraus, was es ist!"

„Warte, ich frage ihren großen Bruder, das könnte uns weiterbringen. Aber ich sage dir gleich, wenn es was Schweinisches ist, dann verbiete ich es! Ich rufe zurück."

Was Schweinisches, daran hatte Corinna ja noch gar nicht gedacht. Sollte sie bei … oh nein, doch bitte nicht. Das Kind war doch erst sechs, oder nein, fast sieben. Fast.

Am Abend kam der Rückruf, aber er war enttäuschend. Weder der große Bruder noch das Nachbarskind hatten auf die beiläufige Erwähnung des Begriffs Poponeh etwas beisteuern können.

Corinna gab sich einen Ruck und rief im Internet Webseiten auf, die zumindest sie selbst als „schweinisch" eingestuft hätte. Doch auch diese Suche brachte sie nicht einen Schritt weiter.

Der Geburtstag kam heran. Es war ein Samstag, und Corinna hatte einen Entschluss gefasst. Sie fuhr zu Klaras Familie, gleich nach dem Frühstück, zog noch schnell Bargeld aus dem Automaten an der Ecke und verkündete ihre Überraschung: „Klara, ich hab mir das Folgende überlegt. Wir beide, nur wir beide, wir gehen jetzt shoppen. Schau, ich habe Geld geholt, und nun kannst du dir selbst was aussuchen. Na, wie ist das? Ein Poponeh, oder was du willst. Wo immer es das gibt."

Klara antwortete nicht gleich, sondern schaute ihr interessiert zu, wie sie die Scheine, etwas hastig und ungeschickt, in ihrem roten Geldbeutel verstaute.

Dann sagte sie: „Deins ist doch ganz hübsch, wo hast du denn das her?"

Corinna starrte sie verständnislos an. „Mein was?"

„Na ja, Glitzer hat es keins, aber rot ist voll schön!"

Corinna schaute das Kind an, folgte ihren Blicken, sah auf ihren Geldbeutel.

„Portemonnaie?", fragte sie schließlich langsam und vorsichtig.

„Ja", rief Klara ungeduldig, „sag ich doch! Poponeh!"

Ein ganz normaler Nachmittag

Hausaufgaben sind wie Medizin. Man muss das schlucken, weil die Eltern sagen, es ist wichtig. Spaß macht es keinen, und manchmal ist es sogar richtig grässlich. Wie heute. In einer halben Stunde käme seine Mutter von der Arbeit, da sollte er eigentlich fertig sein. Martin knabberte am Bleistift und wedelte mit dem Lineal durch die Luft. Dimensionen, Ordnung, Koordinaten, pfff. Er gähnte, nicht zum ersten Mal.

Das Klingeln an der Wohnungstür wirkte wie ein Pausensignal. Martin warf Stift und Lineal auf den Tisch und sauste in den Flur, riss die Tür auf.

„Einen wunderschönen guten Tag, der Herr! Darf ich eintreten? Danke, danke!"

Während Martin verblüfft und wie erstarrt an der Wohnungstür stehen blieb, tänzelte eine seltsame Gestalt an ihm vorbei und marschierte schnurstracks in die Küche.

„Äh – hören Sie, das dürfen Sie nicht!" Martin war aus der Erstarrung erwacht und lief der Gestalt hinterher. Der Mann – ein Mann schien es zu sein – stand mitten in der Küche, stützte eine Hand auf die Arbeitsfläche, wobei er die Finger so etwas wie ein Liedchen trommeln ließ, und musterte die Küchenschränke.

„So, so. Na, da könnten wir ja auch einmal etwas putzen. Schau hier, diese Flecken, woher sind denn die?"

Er griff nach dem Teebeutel, den Martin in die Spüle geworfen hatte, und tupfte damit an die Schranktüren und auf die Arbeitsfläche. Martin wurde es abwechselnd heiß und kalt. Er griff nach dem Spülschwamm und rubbelte über die Spritzer, während er stammelte: „Hören Sie, aber ... Sie können doch nicht einfach ..."

Der Fremde ließ den Teebeutel fallen und öffnete den Kühlschrank. Dabei murmelte er: „M-Hm, M-Hm, ja, M-Hm ..."

Auf Martins Gestammel schien er nicht zu hören. Der war inzwischen mit dem Rubbeln fertig und holte tief Luft, bevor er sich zu seinem unerwünschten Besucher umdrehte.

„Ich darf niemanden …" Er hielt inne, denn er fand sich allein in der Küche.

Den Spülschwamm krampfhaft festhaltend lief er den Flur entlang. Geräusche aus dem Wohnzimmer. Richtig, dort war der Fremde inzwischen angelangt und schlenderte summend und murmelnd herum.

„Wer sind Sie? Was wollen Sie? Ich darf niemanden reinlassen!", rief Martin verzweifelt.

Der Besucher antwortete nicht, stieß nur ein kleines, meckerndes Lachen aus. Martin hatte Zeit, seine eigenartige Kleidung zu mustern. Diese karierte Hose war schon ein Hingucker, und die Jacke erst! Uralt offensichtlich. Nicht einmal der schlechtest gekleidete Lehrer in der Schule würde so etwas anziehen. Und die Haare standen dem Typen büschelweise zu Berge, wie frisch aus dem Bett gestiegen sah er aus.

Nun griff der Mann auch noch nach Mutters Lieblingsvase, die mit halb verwelkten Tulpen auf dem Tisch stand.

„Sollten wir da nicht mal was tun?", fragte er und fing an, Tulpenblätter abzuzupfen und in die Luft zu werfen.

Martin ließ den Spülschwamm fallen, griff mit einem Hechtsprung nach der kostbaren Vase, trug sie im Laufschritt in die Küche, setzte sie trotz aller Eile vorsichtig in der Spüle ab, zog den Strauß heraus und beförderte ihn mit Schwung in den Biomülleimer. Dann rannte er zurück ins Wohnzimmer, wo der Besucher es sich inzwischen in Vaters Fernsehsessel bequem gemacht hatte, ein Bein über das andere geschlagen, ein Buch in der Hand.

„Mein Buch!", schrie Martin und sprang auf den Fremden zu. Der zog es knapp vor Martins Fingern weg und schaute ihn mit hochgezogenen Augenbrauen an. Seltsame Augenbrauen waren das, dachte Martin für einen kurzen Moment. Dann fragte der

Mann: „Und was tut das Buch hier? Haben wir gelesen statt Hausaufgaben zu machen?"

Martin schluckte und suchte nach Worten. Der Fremde zog einen riesigen Buntstift aus einer seiner ausgebeulten Jackentaschen und fing an, in dem Buch herumzumalen.

„Nein", schrie Martin, „das ist doch ein Büchereibuch! Das dürfen Sie nicht!"

„Darf ich nicht? Darf ich doch!", sang der Mann, schaute auf, direkt in Martins Augen, und plötzlich schoss der Stift nach vorn und malte Martin einen Punkt auf die Stirn. Als dessen Hände zur Stirn flogen und darüber rieben, landete der Stift erneut in seinem Gesicht, diesmal mitten auf der Nase.

„Aaah!", machte Martin und wich drei Schritte zurück.

„Na, was sagst du nun? Ich darf alles, was ich will!"

„Sie dürfen hier gar nicht sein!" Martin schaute sich verzweifelt um, als ob eine rettende Idee in der Ecke wartete.

„Ich darf, ich darf, ich kann, ich bin." Der Mann sang wieder, äußerst vergnügt. Jetzt fing er auch noch an zu pfeifen, warf das Buch auf den Zeitungsständer zurück, stand auf und tänzelte zum Fenster. Hier fing er an, die Philodendronblätter mit seinem Buntstift zu bearbeiten.

Martin sprang ihn an und schrie: „Nein! Mamas Pflanzen!"

Der Besucher schüttelte ihn lässig ab und machte mit dem Geldbaum weiter. Jedes der fleischigen Blätter bekam schwungvoll einen Tupfen in die Mitte.

Martin stand mitten im Zimmer und schluchzte. Albtraum? Wirklichkeit? Was ging hier vor?

Der Fremde hatte wohl genug von den Pflanzen und verließ, immer vergnügt summend, das Wohnzimmer. Martin schreckte auf, schoss an ihm vorbei und stellte sich wie der Engel mit dem Flammenschwert vor das Elternschlafzimmer.

„Nein", keuchte er, „nein, hier nicht. Schluss. Raus. Gehen Sie. Bitte!"

Der Mann blieb vor ihm stehen, spitzte nachdenklich die Lippen und zog wieder die seltsamen Augenbrauen hoch.

„Junger Mann", sagte er lächelnd, „solltest dich mal anschauen. Lustig siehst du aus! Waschen wäre vielleicht das Mittel der Wahl?"

Martins Hände fuhren über sein Gesicht und spürten die Tränen. Als der Fremde neckisch mit seinem Stift wedelte, erinnerte er sich an die Punkte, die er vermutlich noch immer auf Stirn und Nase hatte. Er ließ die Schlafzimmertür im Stich und sprintete ins Bad. Dort ließ er sich Wasser übers Gesicht laufen und betete, dass der Albtraum ein Ende nehmen möge.

„Was machst du denn hier?"

Mamas Stimme. Martin stellte das Wasser ab und fuhr hoch. Die Mutter lächelte und strich ihm über die Haare.

„Bist ja ganz nass! Was ist denn los?"

„Der ... da ... hast du ..." Martin lief an der Mutter vorbei in den Flur, ins Wohnzimmer, in die Küche.

„Was ist nur los mit dir?"

Die Mutter bremste ihn und hielt ihn an beiden Schultern fest. Seine Blicke gingen hin und her, aber die Wohnung schien leer zu sein bis auf sie beide. Die Mutter schaute ihn aufmerksam und fragend an. Martin schüttelte den Kopf, Worte fand er gerade keine.

„Hausaufgaben fertig?", fragte die Mutter freundlich. Er schüttelte noch einmal den Kopf.

„Na, dann los. Ich koche mal einen Tee, magst du auch einen?" Sie ging in die Küche. „Oh, du hast die Blumen weggeworfen, danke!"

Also war es doch kein Albtraum gewesen. Aber dann waren ja auch ...

Martin stürzte ins Wohnzimmer, zum Fenster. Alle Pflanzen standen an ihrem Platz, die blasse Vorfrühlingssonne malte Tupfen auf die Blätter. Er hechtete zum Zeitungsständer und griff zitternd nach dem Buch, blätterte darin. Sauber. Der Spülschwamm lag einsam auf dem Teppich.

Martin hob ihn auf und drehte ihn in der Hand. Sein Kopf fühlte sich leer an.

Die Mutter kam mit einer Tasse Tee ins Zimmer, schaute ihn besorgt an und sagte: „Du bist ja völlig durch den Wind, mein Junge. Gut, dass bald Faschingsferien sind."

Behütet

Philippa war sehr behütet aufgewachsen. Ihre Eltern hatten Schrecken und Betrübnisse von ihr ferngehalten und ihr stets erklärt, dass alles, was ihr zugedacht war, Nahrung, Kleidung, Spielzeug, Bildung, sorgfältig ausgewählt und nur zu ihrem Besten war. Die Waldorfschule, die sie besucht hatte, bot dazu die ideale Ergänzung.

Nun war sie alt genug für eine weiterführende Schule, und die Eltern hatten nach langer und intensiver Suche ein Internat herausgefunden, das ideal zu ihren Vorstellungen passte. Es war sehr teuer, aber für Philippa war ihnen keine Anstrengung zu viel. Philippa vertraute ihnen, wie sie immer vertraut hatte, und ließ sich im Mädcheninternat St. Theresia abliefern. Die neuen Mitschülerinnen erwiesen sich als ähnlich behütet wie sie, und Philippa gewöhnte sich, eingedenk der Tatsache, dass alles zu ihrem Wohle war, gut ein.

Eines Nachmittags, nach der letzten Schulstunde, sagte ihre Zimmergenossin Simone zu ihr: „Mir ist langweilig. Lass uns ausgehen."

„Aber das dürfen wir doch noch gar nicht allein!"

„Und wer fragt danach? Wir nehmen die kleine Pforte, die zum Versorgungshof."

„Aber – das …"

„… dürfen wir nicht, sagtest du schon. Bist du ein Weichei?"

Philippa überlegte. Weichei war negativ, und sie war dazu erzogen, positiv zu sein. Also gab sie sich einen Ruck und ging mit. Sie kamen auch ungesehen vom Internatsgelände, da Simones große Schwester, die diesen Weg oft genug gemacht hatte, ihr die nötigen Tipps gegeben hatte. Nach 15 Minuten Fußweg waren sie im Zentrum der nächst gelegenen Vorstadt. In den Cafés, Imbissen und der kleinen Boutique kannte man die Internatskundschaft bestens, die im allgemeinen gut betucht war. Man bediente sie nicht nur zuvorkommend, sondern hielt auch dicht gegenüber den offiziellen Aufsichtspersonen.

Philippa kam aus dem Staunen nicht heraus. Als erstes zog Simone sie in die Boutique, wo sie sich Mützen gegen die kalten Herbstwinde aussuchten. Mützen mit Pfiff gab es da, Philippa hatte großen Spaß daran, sie alle anzuprobieren. Simone bezahlte und lieh Philippa großmütig das benötigte Geld. Sie würde es von ihrem nicht besonders reich bemessenen Taschengeld zurückzahlen müssen, aber das Abenteuer begann, ihr zu gefallen. Die neue Mütze war bunt, flauschig und knisterte angenehm, wenn man darüberstrich. So eine hatte sie noch nie gehabt. Dann zog Simone sie ins Café, wo sie Schokolade mit Sahne bestellte, für sie beide, als Einladung, wie sie es nannte, Philippa sei beim nächsten Mal dran.

Die Getränke kamen, dampften, dufteten, und Philippa kostete vorsichtig. So etwas Gutes hatte sie noch nie getrunken, und sie war regelrecht traurig, als die Tasse leer war. Gar kein Vergleich zu dem Tee oder den anderen Getränken, die sie im Internat bekamen, auch kein Vergleich zu allem, was sie je in ihrem Elternhaus getrunken hatte. Und die Sahne! Sie leckte sich die Reste aus den Mundwinkeln.

„Sag bloß, du hast noch nie Sahne geschleckt!", sagte Simone spöttisch.

Philippa schüttelte den Kopf. Komisch eigentlich, sie hatte doch immer bekommen, was gut für sie war, immer nur das Beste, wie ihre Eltern stets zu sagen pflegten. Wie gern hätte sie noch eine Tasse Schokolade bestellt, aber sie fürchtete um ihre Geldvorräte, hatte sie doch schon Schulden bei Simone. Sie nahm sich vor, ihre Eltern um etwas mehr Geld zu bitten. Das musste einfach sein, das war jetzt wichtig für sie, sie konnte ja nicht zurückstehen hinter den Mitschülerinnen. Ihre Eltern würden das einsehen.

Nachdem Simone bezahlt hatte, wurde es höchste Zeit, zurückzukehren, denn vor dem Abendessen mussten sie unauffällig wieder im Haus angekommen sein.

Kalt war es, Philippa kribbelten die Ohren, obwohl sie ihre neue Mütze tief darüber gezogen hatte. Auch die Stirn kribbelte und die Finger. Sie fing an zu rennen und stellte mit Staunen fest, wie schwer ihr das fiel, obwohl sie doch eigentlich ganz gut in Sport war. An der Pforte zum Versorgungshof angekommen, musste sie sich erst einmal festhalten, so schwindelig war ihr. Simone musterte sie stirnrunzelnd.

„Ist was?"

„Nein, nein, bloß … vielleicht die Aufregung. Das war ja mein erster Ausflug in die Stadt!"

Philippa bemühte sich, langsam und regelmäßig zu atmen. Das war nicht ganz einfach, denn jetzt hatte sie auch noch Magenschmerzen. Sie entschuldigte sich und rannte ins Bad. Gerade noch schaffte sie es, sich über die Schüssel zu beugen, da kam mit einem Schwall die Schokolade wieder heraus, und ein Teil des Mittagessens noch dazu.

Als sie das Gefühl hatte, jetzt sei alles draußen, ließ sie sich zitternd auf den Boden sinken. Die Magenschmerzen hatten nur wenig nachgelassen, das Schwindelgefühl auch nicht. Und seltsamerweise kribbelten Ohren, Stirn und Finger noch immer. Sie riss sich die neue Mütze herunter und betrachtete sie. Ihre Eltern, so fiel ihr ein, hatten ihr behutsam beigebracht, dass Übertretungen von Regeln stets sehr bald zu einer Strafe, zu einem Missgeschick führten, und sie hatte das auch höchst selten ausprobiert. Wieso auch, sie war eigentlich stets unter – liebevoller – Beobachtung, unter Aufsicht von Eltern, Erziehern, Lehrern gewesen. Verdammt, eigentlich hatte sie es satt, beaufsichtigt zu werden, und dieser Ausflug war auf jeden Fall das Beste, was ihr seit langem passiert war. Und nun diese Übelkeit!

Sie stand mühsam auf und hielt sich an der Wand fest. Als sie das Bad verlassen wollte, wallte erneut Übelkeit in ihr auf, und ein Schwall Schleim quoll aus ihrem Mund und auf den sauberen Kachelboden. Sie schwankte und hielt sich krampfhaft am Türstock fest.

Ein paar Mädchen, die auf demselben Flur wohnten, kamen vorbei und starrten sie mit angstvoll aufgerissenen Augen an. Die eine lief zu Philippa und hielt sie fest, die andere rannte davon. Philippa bekam das kaum mit. Dankbar lehnte sie sich an die Wand und an die Mitschülerin und versuchte Atem und Übelkeit in den Griff zu bekommen.

Da kam Frau Klausen um die Ecke, die Leiterin des Hauses.

„Kind, was ist denn los?"

Sie nahm Philippa bei der Hand, fühlte ihre Stirn, schaute sich die Bescherung auf dem Boden an. Dann fragte sie vorsichtig: „Was ... hast du gegessen? Etwas ... von außerhalb?"

Philippa nickte und schloss die Augen. „Schokolade", formten ihre Lippen tonlos. Sie wischte sich mit der Mütze, die sie noch in der Hand hielt, über das Gesicht. Die Lehrerin griff nach dem Stoff und sagte: „Polyester. Oder etwas Ähnliches. Und ... Schokolade?"

Philippa nickte. Regelverstoß, dachte sie. Strafe. Das war es.

„Kind, du bist eigentlich alt genug, um zu wissen, wovor du dich hüten musst", sagte Frau Klausen tadelnd.

„Regeln dürfen nicht übertreten werden", flüsterte Philippa.

Frau Klausen lachte trocken. „Wenn es das nur wäre. Aber du als Allergikerin? Milchprodukte? Kunstfaser? Das musst du, wenn ich deinen Eltern glauben soll, doch schon dein ganzes Leben lang meiden. Was ist nur in dich gefahren?"

Die Worte sickerten nur sehr langsam in Philippas Bewusstsein. Frau Klausen führte sie zu ihrem Zimmer und empfahl ihr, sich hinzulegen. Abendessen sollte sie heute lieber ausfallen lassen, Frau Klausen versprach, ihr noch einen Tee zu bringen.

Dann ließ sie sie allein. Simone war nirgends zu sehen. Wohl schon beim Abendessen, dachte Philippa müde, streifte nur die Schuhe ab und legte sich ins Bett.

Sie wachte auf, als sie die Tür hörte. Frau Klausen stand da mit einer Mappe in der einen Hand und einer Tasse in der anderen, aus der es nach Kamille roch. Ein Geruch, den Philippa verabscheute.

„Trink, das ist jetzt das Beste für dich", meinte Frau Klausen freundlich. „Und hier habe ich noch mal die Liste all der Dinge, die du vermeiden musst. Du solltest die selbst haben, aber deine Mutter meinte, du wüsstest genau, was gut ist für dich. Nun, heute sieht es nicht so aus. Bitte lies das sorgfältig durch und halte dich daran. Dann wird es dir rasch wieder gut gehen."

Die Frau legte die Mappe auf Philippas Nachttisch und verließ leise das Zimmer.

Plädoyer für einen braven Jungen

Deutschstunde. Wieso jemand das hier für wichtig hält, weiß keiner. Heinrich Böll, Nobelpreisträger. Schön für ihn, schlecht für uns. Kurzgeschichten, die alles andere als kurz sind, und wir sollen das dann analysieren. Jonas weiß natürlich wieder genau, was Lehrer wünschen, oder besser, hören wollen.

„Klare Analyse", konstatiert Herr Brauer und nickt Jonas zu.

Nehmt euch ein Beispiel an Jonas, schwingt in seiner Stimme mit, als er die Hausaufgabe verkündet. Na, der kann was erleben.

Da wir nichts gegen den Brauer unternehmen können, nehmen wir uns in der Pause Jonas zur Brust. Ist der echt zu blöd, zu kapieren, was Sache ist, was die Lernlage in der Klasse ist? Muss er immer aus der Reihe tanzen?

„Bist 'n Spitzenschüler, Jonas, echt!", fängt Mike an. Jonas macht schon ganz große Augen.

„Woher nimmst du nur immer diese klaren Gedanken?", frotzelt Lennart.

Jonas hebt die Schultern. „Hab halt das Ding gelesen", meint er schüchtern.

„Ach ne, Lesen kannst du also auch? Bist ein echter Klugscheißer, was?"

Jonas schweigt.

„Hey, womöglich gefällt dir die Geschichte auch noch, was?"

Jonas schüttelt den Kopf. „Nicht unbedingt", meint er, „aber es liegt doch auf der Hand, was damit gemeint ist."

„Auf deiner vielleicht", ruft Luca und greift nach Jonas' Hand, „zeig mal, vielleicht finden wir da auch was!"

Alle greifen nach Jonas' Händen und ziehen und zerren an seinen Fingern herum, natürlich jeder in eine andere Richtung. Jonas windet sich und beißt die Zähne zusammen.

„Hey, auf den Händen liegt nichts, schier nichts", sagt Lennart, als Jonas endlich ein paar Tränen herunterkullern, „aber aus den Augen, da quillt der Überfluss!"

Alle lachen. Bis auf Jonas, natürlich.

Da steht der Dierichs zwischen uns. Referendar, eigentlich ganz cool.

„Jonas, alles in Ordnung?", fragt er besorgt. Jonas nickt und schluckt.

„So ganz kann ich das nicht glauben", meint der Dierichs und schaut von einem zum anderen. „Jungs, habt ihr ein Problem?"

Wir winken lässig ab. Sein Problem soll es ganz sicher nicht sein.

„Hausaufgaben sind uncool, oder?", meint der Dierichs unerwartet. Was hat der denn vor? Wir schauen uns gegenseitig an und nicken zögernd.

„Und Hausaufgaben machen ist noch uncooler, was?", fährt er fort.

Wir nicken wieder, suchen nach einer Idee, warten auf den Gong zur Stunde.

„Und was ist am uncoolsten?", fragt der Dierichs nun. Wir sind ahnungslos, zucken die Schultern.

„Stumpfsinnig sein. Mit der Masse laufen", sagt der Dierichs, „keine eigenen Ideen haben, keinen Standpunkt, sich nicht abgrenzen von den Ahnungslosen. Oder? Cool ist, sein eigenes Ding durchzuziehen, egal, wie."

Zögernd nicken wir wieder. Ist ja nicht ganz blöd, was er sagt.

„Na", meint der Dierichs und klopft Mike auf die Schulter, „das freut mich, dass ihr da meiner Meinung seid. Und jetzt hab ich da was für euch. Da könnt ihr Standpunkt üben. Wenn die Masse sagt, Hausaufgaben sind uncool, und einer grenzt sich davon ab, weil er findet, weil er mit seinem eigenen Standpunkt findet, dass ihm eine Hausaufgabe Spaß macht – soll er sie dann durchziehen oder nicht?"

Dierichs klopft auch Jonas auf die Schulter und zieht ab.

Der Gong zur Stunde erlöst uns. Jonas wischt sich übers Gesicht und rennt in den Klassenraum.

„Und er ist doch ein Streber", knurrt Mike.

„Wer, Dierichs?", fragt Lennart. Luca knufft ihn in die Seite und rennt Jonas nach.

Die Busfahrt

„Miriam, gleich halb acht! Schule!"

Seufzend schob Miriam ihr Buch in den Schulrucksack, schnappte sich Jacke und Schlüssel, warf die Wohnungstür hinter sich zu und rannte zum Bus. Die Linie 18 war natürlich noch nicht da. Miriam lehnte sich an die Rückwand des Wartehäuschens und zog das Buch wieder heraus. Sie musste es diese Woche noch durchkriegen, denn dann war ein Referat darüber fällig. Sie hasste es, vor der ganzen Klasse zu stehen, aber da musste sie wohl durch. Wenigstens war das Buch gar nicht uninteressant, das musste sie zugeben und schlug eine Seite um. Aber jetzt fuhr der Bus in die Haltebucht, Miriam sprang hinein, drängelte sich nach hinten und schlüpfte auf einen freien Platz. Fünf bis sechs Seiten schaffte sie mindestens, bis sie wieder aussteigen musste, das sagte ihr die Erfahrung.

Mist, eigentlich sollte sie sich Notizen machen, jetzt kam ein Abschnitt über die Hintergründe. Sie zog ihr Smartphone aus der Rucksackseitentasche, legte es auf das offene Buch und tippte eine Notiz. Als der Bus in eine besonders starke Kurve ging, rutschte ihr beinahe alles vom Schoß. Sie schaffte es gerade noch, das Telefon zu halten. Dinge unter Bussitzen hervorfischen war höchst unlustig und meistens eine klebrige Angelegenheit. Sie stopfte alles zurück in den Rucksack, denn nach der großen Kurve kam ja schon die Haltestelle, an der sie aussteigen musste. Als der Bus hielt, schob sie sich durch die anderen Fahrgäste und sprang im letzten Moment ab.

Der Bus schloss die Türen mit dem üblichen Schnauben und rollte davon. Miriam wollte gerade die Straße überqueren, als sie verwirrt feststellte, dass da drüben keine Schule war. Eigentlich war das der Tagtraum, den sie oft mit ihren Freundinnen durchgesponnen hatte, vor allem vor Mathe-Klausuren: Aufwachen und die Schule ist verschwunden. Freiheit vom Lernen. Aber das hier – war kein Tagtraum! Miriam schüttelte heftig den Kopf, als ob sie Wasser in Augen und Ohren hätte, aber es blieb, wie es war: keine Schule auf der anderen Straßenseite. Genau genommen sogar eine völlig fremde Straße.

Sie drehte sich zur Haltestelle zurück, die, wie so viele in der Stadt, einfach ein Mast mit H-Schild und Fahrplanaushang war. Wie die vor ihrer Schule. Aber beim Nähertreten merkte sie, dass über dem Fahrplan groß und unübersehbar die Nummer 24 prangte. Sie war in den falschen Bus gestiegen! Das war ihr noch nie passiert. Sie ging immer so aus dem Haus, dass die Linie 18 der erste Bus war, der ankam, das hatte sie im Griff. Hatte sie zumindest geglaubt.

Und nun? Die Haltestelle hieß Grünstraße – wo bitte war das? Nicht ihr Viertel, auch nicht das ihrer Schule. Sie studierte den Fahrplan und begriff langsam, dass die Linie 24 ziemlich bald, nachdem sie eingestiegen war, in eine andere Richtung zu fahren hatte als die Linie 18. Noch nie hatte sie diesen Bus benutzt, das war ihr klar.

Sie schaute sich um. Ein paar Wohnblocks, ein Bürogebäude, keine Passanten. Aber ein Zeitschriftenladen, das war doch eine Möglichkeit! Miriam steuerte tapfer darauf los und hatte Glück, der Laden hatte geöffnet, und sie war die einzige Kundin.

„Entschuldigen Sie bitte", begann sie und spürte das Blut in ihr Gesicht steigen, „ich habe den falschen Bus genommen. Wie komme ich denn jetzt zur Steubenstraße?"

„Steubenstraße, hmm", der Ladenbesitzer kratzte sich am Kopf, „Mädchen, da hast du aber eine ganz falsche Ecke erwischt. Also – lass mich mal nachdenken. Am besten fährst du zwei Stationen in Richtung Hauptbahnhof, dann bist du am Chamissoplatz. Dort steigst du um in die Linie 4, die fährt zum Goethedenkmal. Da geht, meine ich, die Steubenstraße ab, oder?"

„Ja", Miriam strahlte, „da ist meine Schule, da kenne ich mich wieder aus!"

„Na, dann hast du hoffentlich nicht zu viel verpasst. Und kriegst keinen Ärger, was?"

Miriam schüttelte den Kopf und bedankte sich. Sie überlegte: Erste Stunde wäre Chemie gewesen, das konnte sie inzwischen vergessen, und das, gestand sie sich ein, störte sie nicht im Geringsten. Zur Englischstunde müsste sie es noch schaffen, die gab ihr Klassenlehrer Herr Schäfer, bei dem könnte es peinlich werden und Ärger geben. Sie sauste los, als sie den Bus Richtung Bahnhof um die Ecke biegen sah.

Da, Chamissoplatz, und es war erst kurz vor halb neun. Miriam stolperte aus dem Bus und rannte zur Haltestelle der anderen Linie, als hinter ihr Bremsen quietschten. Erschrocken hielt sie inne, sprang instinktiv zur Seite. Als sie sich umschaute, sah sie, dass die Bremsen nicht ihretwegen gequietscht hatten – ein Auto stand schräg zur Fahrtrichtung, und eine ältere Frau lag auf der Straße davor. Der Fahrer war ausgestiegen und beugte sich über die Liegende. Miriam lief es eiskalt den Rücken hinunter. Ihr erster Gedanke war: Nichts wie weg, weg! Trotzdem zog sie mit zitternden Fingern ihr Telefon heraus und tippte 110. Ein paar Passanten waren noch zum Unfallort gekommen. Die Frau am Boden bewegte sich, und Miriam atmete auf. Der Unfallfahrer versuchte wohl, sie aufzurichten. Da meldete sich jemand an Miriams Telefon. Aufgeregt sagte sie ihren Namen und Standort und berichtete von dem Unfall. Die Stimme am anderen Ende bedankte sich und sagte, sie möchte warten. Nun erst traute Miriam sich näher zum Unfallort. Die alte Dame saß inzwischen aufrecht, an das Unfallfahrzeug gelehnt. Sie war leichenblass, hatte Schrammen im Gesicht, atmete schwer. Der Fahrer lehnte daneben und war fast genauso blass. Er sagte immer wieder: „Sie ist mir reingelaufen, direkt reingelaufen!"

Die anderen Passanten liefen und redeten durcheinander. Miriam wunderte sich ein bisschen. Waren das die Erwachsenen, die doch immer alles im Griff hatten?

„Man muss einen Krankenwagen rufen!"

„Nein, die Polizei!"

„Hab ich gerade!", mischte Miriam sich ein. Die Herumstehenden verstummten und blickten das Mädchen erstaunt an. Das fühlte sich fast an wie ein Referat vor der Klasse, und zwar eines ohne Vorbereitung. Miriam wurde unwillkürlich rot und nickte.

Da kam schon ein Polizeiwagen um die Ecke, bremste, und zwei Beamte stiegen aus.

„Krankenwagen ist unterwegs!", rief der eine, und schon waren sie heran, beugten sich über die Frau, redeten mit dem Fahrer, schrieben Dinge auf. Dann eine Sirene, und schon kam der Krankenwagen in Sicht.

Miriam spürte plötzlich ihre Knie zittern. Nichts wie weg, weg! Aber die Beine wollten nicht gehorchen. Sie setzte sich auf den Bordstein und versuchte, sich zu beruhigen. Englisch beim Schäfer, jetzt würde sie das auch nicht mehr schaffen. Ob Unfallhilfe eine gute Entschuldigung war?

„Du hast uns gerufen, sagt der Herr hier?" Einer der Polizeibeamten stand vor ihr. Miriam nickte, sprechen konnte sie gerade nicht. Der Beamte streckte ihr eine Hand hin, fragte: „Geht es denn?", und half ihr auf. Sie nickte noch einmal.

„Wie alt bist du denn? Solltest du nicht in der Schule sein?", fragte er freundlich. Miriam schossen peinlicherweise die Tränen in die Augen.

„Doch", sagte sie und schluckte mühsam. „Dreizehn. Bus verpasst. Oder nein, falschen Bus genommen. Ach."

Der Polizist lächelte und schaute sich um zur Straße, wo die alte Dame gerade auf einer Trage in den Krankenwagen geschoben wurde. Sein Kollege sprach noch mit dem Unfallfahrer, und so sagte er zu Miriam: „Komm, ich fahre dich rasch in deine Schule. Wohin musst du denn?"

Wow, mit dem Polizeiwagen vorfahren. Da musste ihr ja jeder die Erklärung glauben. Sie nannte dem Beamten ihre Schule und sank in die Polster des Polizeiautos. Was für ein Tag.

Vor der Schule war die Straße leer. Klar, keine Pause. Na ja, der Schäfer konnte ja nachfragen, die Polizei kannte ja nun ihren Namen. Miriam bedankte sich und rannte in die Schule, hinauf in ihr Klassenzimmer, riss die Tür auf und – prallte zurück. Kein Mensch zu sehen. Sie schaute auf die Uhr, zurück auf den Flur – was war hier los? Nach einer Minute sinnlosen Nachdenkens ging sie langsam in Richtung Sekretariat, klopfte vorsichtig an und öffnete die Tür. Vor ihr stand Herr Schäfer.

„Ach nein!", sagte er sarkastisch, „das Fräulein Miriam. Auch schon aufgestanden?"

„I-ich war Unfallzeugin", platzte sie heraus, „und hab die Polizei gerufen. Und musste dann doch warten. Sie wissen das doch. Und ich war …", vor seinen hochgezogenen Augenbrauen blieb ihr die Stimme weg. Verständnis sieht anders aus, dachte sie.

„Mal was Neues, mein Fräulein." Wenn er doch nicht immer Fräulein sagen würde, und dann mit diesem – diesem Unterton. Mist, schon wieder kämpfte sie mit Tränen. Was war denn nur los mit ihr!

„Es stimmt aber", sagte sie trotzig. „Können Sie nachprüfen. Fragen Sie doch bei der Polizei nach."

Gleichzeitig fiel ihr ein, dass dann auch herauskommen würde, wo der Unfall passiert war, und dass Herr Schäfer, der Blitzmerker, sofort wissen würde, dass das nicht auf Miriams Schulweg war. Egal, jetzt war eh alles zu spät. Sie fragte vorsichtig: „Wo sind denn alle? Ist jetzt nicht Englisch?"

„Heute war Englisch in der ersten, weil ich jetzt zu einer Konferenz muss. Kannst du nachprüfen", meinte er, fast augenzwinkernd, „und deine Klasse ist im Chemieraum. Dahin solltest du jetzt auch schleunigst gehen, meinst du nicht?"

Miriam nickte, murmelte ein Danke und drehte sich um. Herr Schäfer hielt sie an der Schulter fest.

„Geh aber am besten erst auf die Toilette und spritz dir ein bisschen Wasser ins Gesicht", meinte er mit einer ganz anderen

Stimme, „bevor du noch umkippst, okay? Und morgen reden wir noch mal über das, was heute passiert ist."

Miriam schaute ihn sprachlos an und spürte, wie sie wieder rot wurde. Er nickte und schob sie auf den Flur, wo er in Richtung Treppe verschwand.

Wie alles ganz anders kam

Lea und Luise waren Freundinnen, seit man sie in der ersten Klasse nebeneinander gesetzt hatte. Das war gar nicht so selbstverständlich, denn Luise war abenteuerlustig und immer auf der Suche nach etwas Neuem, Lea jedoch träumte lieber und zog sich gern zurück. Doch Luise zog Lea immer wieder mit in ihre Pläne, ob sie wollte oder nicht. Sie ergänzen sich, sagten die Eltern gern, sie tun einander gut. Lea wäre von sich aus nie auf die Idee gekommen, mal eine mehrtägige Radtour anzutreten, und Luise lernte von ihr, wie spannend es war, abends im Zelt bei Taschenlampenlicht ein Buch zu lesen. In der Schule war mal die eine besser, mal die andere, auch da stimmte das mit der Ergänzung.

Mit den Jahren wurden sie sich nicht ähnlicher, im Gegenteil fand Lea es immer anstrengender, mit Luise mitzuhalten. Luises 13. Geburtstag, bei dem Lea natürlich dabei war, wurde eine richtige Party, mit Jungs und wilder Musik, denn Luise hatte gemeint, sie sei ja jetzt ein „Teen"-Ager, und da gehöre das dazu. Sie fand so viel Gefallen an Partys oder an Jungs, so genau konnte man das nicht auseinanderhalten, dass sie von da an versuchte, so oft wie möglich zu einer eingeladen zu werden oder selbst eine zu veranstalten, und immer musste Lea mit, die aber dazu von Woche zu Woche weniger Lust hatte.

Schließlich sagte sie eines Tages, es war ein Freitag: „Luise, morgen komme ich nicht mit, morgen kann ich nicht."

Luise akzeptierte das nicht so einfach und fragte zurück: „Warum?"

Nun musste schnell ein wichtiger, triftiger Grund her.

„Ich muss zu meiner Oma", sagte Lea, weil ihr nichts Besseres einfiel.

„Aber das ist doch kein Problem, da kannst du doch nachher noch mit mir kommen!"

„Nein, weil", Lea überlegte blitzschnell, „weil meine Oma in Neustadt lebt, da übernachte ich doch."

„Aber es fahren doch alle Stunde Busse dahin und zurück", ließ Luise nicht locker.

„Nicht *das* Neustadt, das im Norden, in Holstein. Da fährt man ein paar Stunden. Mit dem Zug." Lea schwitzte, aber Luise schien es zum Glück nicht zu merken.

Am Montag, kurz vor der ersten Stunde, schoss Luise auf Lea zu und sagte aufgeregt: „Ich habe Samstag, auf dem Weg zur Party, deine Mutter und deinen Bruder gesehen – seid ihr doch nicht gefahren?"

Mit dieser Komplikation hatte Lea nicht gerechnet. Schnell erwiderte sie: „Ich ... bin allein gefahren. Mit dem Zug."

„Warum?"

„Weil ... na ja, meine Mutter und meine Oma verstehen sich nicht so, aber ich und meine Oma, wir sind ganz dick, und deshalb wollte ... sollte ich unbedingt mal wieder kommen. Sprich am besten meine Mutter und Beni gar nicht darauf an, das ärgert die nur wieder."

Luise starrte sie mit offenem Mund an. Lea, die stille, brave, schüchterne, fuhr allein Zug und setzte sich gegen ihre Eltern durch. Der Schulgong unterbrach an dieser Stelle – leider, fand Luise, Gott sei Dank, dachte Lea – ihr Gespräch. Aber in der Pause, da ging es erbarmungslos weiter.

„Wo wohnt denn deine Oma? Hat sie viel Platz? Fährst du da jetzt öfter hin?"

„Weiß ich noch nicht", antwortete Lea vorsichtig, „wenn es nach ... Oma geht, schon."

„Sie ist vermutlich ganz allein, oder?"

„N-nein, sie wohnt ... in einer Rentner-WG. Aber die anderen gehen ihr manchmal so auf die Nerven, sagt sie, da braucht sie Abwechslung. Und junges Blut, sagt sie."

„Und ..."

„Du, sorry, ich muss dringend aufs Klo, ich habe ... habe ... na ja." Lea rannte davon.

Erst mit dem Gong zur nächsten Stunde tauchte sie wieder auf. Luises besorgten Blick quittierte sie mit einem beruhigenden Lächeln. Zum Glück drohte demnächst eine Mathearbeit, was die restlichen Gespräche an diesem Montag dominierte. Nach Schulschluss beeilten sich beide, nach Hause zu kommen.

In der Nacht träumte Lea von ihrer Oma. Die Oma, die nicht am Ort wohnte, die Oma, die schon vor Leas Geburt gestorben war, die sie nur von Bildern kannte, veranstaltete in ihrem Traum eine wilde Rentnerparty. Sie trug ein Kleid von Luise und tanzte mit Herrn Buttgereit, dem Schulhausmeister; die Schusters aus Leas Nachbarschaft waren auch da, und Frau Schuster saß gar nicht mehr im Rollstuhl. Alle hatten viel Spaß.

Als Lea schweißgebadet aufwachte, beschloss sie, mit den Omageschichten aufzuhören. So ging es nicht weiter. Und wenn Luise ihr drauf käme …

Die Mathearbeit kam und ging, gefolgt von einem Deutschaufsatz zum Thema Freundschaft. Luise kam nicht mehr auf Leas Oma zurück, und Lea begann sich zu entspannen.

Am Tag nach dem Aufsatz, es war ein Donnerstag, verkündete Frau Hauschild, die Klassenlehrerin, dass sie eine Überraschung für alle hätte.

„Meine Lieben, Freitag in einer Woche wird der ehemalige Heizungskeller als Partykeller eingeweiht – und das Los hat entschieden, dass ihr die ersten seid, die dort feiern dürfen. Herr Buttgereit bastelt noch an der Musikanlage, aber bis dahin dürfte sie fertig sein. Also: Wer bringt was mit?"

Ein Jubelschrei ging durch die Klasse, allen voran von Luise, und alle redeten durcheinander. Lea setzte ein Lächeln auf und dachte nur, Oma, Oma, ich brauche dich noch mal. Geht das? Sie ließ sich nichts anmerken und machte Dekorationsvorschläge, darin war sie gut. Noch acht Tage, dachte sie dabei, ich brauche einen Plan. Noch acht Tage.

Am Wochenende ging sie mit Luise und ein paar anderen ins Schwimmbad, was regelmäßig so müde machte, dass selbst Luise einen eher ruhigen Abend brauchte, am liebsten vor dem Fernseher. Lea versuchte, ein Buch zu lesen, konnte sich aber kaum konzentrieren. Sie versuchte auch, sich zu beruhigen, indem sie sich sagte, was ist schon dabei. Party halt. Essen, Trinken, Musik. Nichts gegen Musik, sagte sie sich. Aber tanzen, und mit Jungs, die laut waren und rochen, igitt, sagte eine kleine Stimme in ihr. Oma, dachte sie dann wieder, Oma, verzeih mir. Schließlich nahm sie den PC, ging ins Internet und studierte Neustadt in Holstein, was ein überraschend nettes Städtchen war. Sie suchte sich eine Straße aus, sogar ein Haus, stellte sich so intensiv die Rentner-WG vor, dass sie schon beinahe selbst daran glaubte.

Die Woche verging mit aufgeregten Vorbereitungen. Luise musste unbedingt noch Schuhe kaufen, natürlich mit Leas Unterstützung. Sie kicherten und lachten und waren ein Herz und eine Seele. Am Donnerstag nach dem Unterricht schmückten Lea und ein paar andere den Partykeller nach Leas Ideen. Natürlich blieb auch Luise und half, wozu schließlich waren Freundinnen da. Lea hatte fast ein schlechtes Gewissen, aber nur fast.

Am Freitag kam Lea sehr knapp vor Schulbeginn. In der Pause nahm sie Luise beiseite und sagte mit ernster Stimme: „Du, ich fahre heute Nachmittag wieder zu Oma. Sie hat extra angerufen. Die ... die Frau Schuster aus ihrer WG, also, der geht es nicht so gut, und die alten Leutchen ... na ja, ob ich nicht ein bisschen helfen kann. Oma meint, im Vorlesen sei ich unschlagbar, und das würde Frau Schuster so gut tun. Die alten Leutchen sehen ja alle nicht mehr so gut, da ist das Vorlesen ... schwierig."

Uff, die Geschichte war raus. Und ziemlich glatt, fand Lea. Luises enttäuschtes Gesicht ging ihr jedoch so nah, dass ihr die Tränen kamen. Für Luise der Anlass, Lea fest in die Arme zu nehmen und ihr zuzuflüstern: „Sei nicht traurig, du Arme. Bei der nächsten Party bist du wieder dabei, versprochen."

Nicht, wenn ich es verhindern kann, dachte Lea, aber sie drückte ihre Freundin dankbar.

Es gab noch zwei oder drei Omafahrten in diesem Schuljahr, und Luise erkundigte sich besorgt, wie es Frau Schuster gehe – besser, versicherte Lea – und ob Lea daheim keinen Ärger kriege – nein, die Eltern mochten soziales Engagement – und wer denn die Fahrten eigentlich bezahle – Oma hat eine gute Rente und braucht selbst nicht viel. Lea verbrachte jedes Mal ein ruhiges, gemütliches Wochenende und nahm sich jedes Mal vor, dass es jetzt aber wirklich aufhören musste.

Luise erzählte haarklein von den Partys, die sie mitgemacht hatte und wollte im Gegenzug alles von Lea Omawochenenden hören. Lea fiel es von Mal zu Mal leichter, Geschichten aus der Rentner-WG zu erzählen, die Leute dort waren für sie inzwischen liebe alte Bekannte.

Dann kamen die großen Ferien. Luises Familie fuhr mit dem Wohnmobil nach Spanien, aber Leas Familie verzichtete in diesem Jahr auf die Urlaubsreise, weil eine größere Renovierung anstand. Als die über die Bühne gebracht und die Urlaubszeit der Eltern damit aufgebraucht war, schickten diese Lea und Beni für den Rest der Ferien – trotz Leas Widerstreben – mit einer Jugendgruppe auf eine Hütte. Dort feierte Lea ihren 14. Geburtstag, den die Gruppenleiter zu ihrer Überraschung sehr liebevoll vorbereitet hatten.

Und da traf sie dann Marvin. Er machte die Bar, an der Lea meistens Zuflucht suchte, wenn die anderen tanzten. Als er abgelöst wurde mit der Bemerkung, jetzt sollte er doch auch mal tanzen, streckte er seine Hand aus und wartete. Wartete, bis Lea sie genommen hatte.

Nach den Sommerferien fielen sich eine braungebrannte Luise und eine strahlende Lea in die Arme wie Schiffbrüchige nach der Rettung. Sie redeten wild durcheinander, lachten, kicherten, waren ein Herz und eine Seele. Luise, die die letzte Klasse nur sehr knapp bewältigt hatte, erzählte traurig, dass ihre Eltern ihr höchstens noch eine Party im Monat erlaubten. Lea tröstete sie – sie fand das super, denn einmal im Monat konnte Marvin in die

Stadt kommen. So begann das neue Schuljahr höchst verheißungsvoll. Lea hatte sich noch nie so gut gefühlt, und dass sie in diesem Jahr die eine oder andere schlechtere Note erhielt, als sie es gewöhnt war, störte sie nicht im Geringsten.

Irgendwann fragte Luise vorsichtig: „Sag mal, was ist eigentlich mit deiner Oma? Der anderen, meine ich, die da oben in – wie hieß das noch? – lebt?"

Lea war kurz verwirrt. „Die ist doch schon tot!", sagte sie.

Die Qual der Wahl

Wahllokale sind, im Gegensatz zu Speiselokalen, selten gemütlich. Und die Wahlhelfer wirken auch nur bedingt stimmungsaufhellend.

Gudrun Winter, am Empfangstisch sitzend, unterdrückte ein Gähnen. Das frühe Aufstehen, und dann auch noch am Sonntag, war ihr schon schwer gefallen. Und nun hockte sie hier seit acht Uhr und versuchte jedem Ankommenden ein freundliches Lächeln zu schenken. Die meisten schienen es gar nicht zu bemerken, holten ihre Stimmzettel ab und verschwanden in der Kabine. Die meisten – es waren bisher keine zwanzig gewesen. Die Staatsbürger eilten nicht gerade zu ihren Pflichten. Und die Kollegen, mit denen Gudrun hier saß, waren eher maulfaul und trugen eine undurchsichtige bis verbissene Miene zutage.

Jetzt hörte man ein Trampeln auf dem Flur, Stimmen redeten durcheinander – sollte jetzt der Ansturm losgehen? Ach nein, es war nur eine Familie, die natürlich ihre drei Kinder mitbringen musste.

„Papa, ist das ein Schulzimmer? Timo, sieht es in deinem Schulzimmer auch so aus?"

„Oh Mann, Paula, bist du doof. Das heißt Klassenzimmer, und normalerweise stehen da nicht diese komischen Kisten auf den Tischen. Und es sind sonst auch viel mehr Tische und Stühle da. Papa, wo sind die alle? Und was sind das da für Kisten?"

„Jetzt gebt mal Ruhe, oder seid etwas leiser bitte", antwortete der Vater. „Also: Die Tische und Stühle sind vermutlich in ein anderes Klassenzimmer verräumt, damit hier mehr Platz ist. Und die Kisten heißen Wahlkabinen. Schaut, hinter jeder der Kisten kann ein Mann oder eine Frau sitzen, den Stimmzettel ausbreiten und Kreuzchen an den richtigen Stellen machen. Schaut hier, das ist ein Stimmzettel."

Er breitete den seinen aus und hielt ihn den Kindern hin.

„Und was ist die richtige Stelle?"

„Und warum kann man das nur hinter den Kisten ausbreiten? Geht doch ohne Kiste viel besser!"

Paul, der Vater, lachte. „Jeder muss selbst entscheiden, welches für ihn die richtige Stelle ist. Eigentlich gibt es meistens mehrere richtige Stellen, aber man muss sich für eine entscheiden. Aber das lernt ihr später. Und hinter den Kisten macht man das, damit es kein anderer sieht. Das nennt man ‚geheime Wahl'. Mama ist mit Lena schon in einer Wahlkabine, seht ihr?"

Die beiden größeren Kinder trampelten zur Mutter hinüber. Paul seufzte und ging mit seinem Zettel in die nächste Kabine. Ein Schrei ertönte.

„Mama, Timo böse, Timo ssubst!" Das war Lena, die da weinte. Paul hörte Bettina, seine Frau, rufen: „Paul, *bitte*, kannst du dich nicht um die Großen kümmern?"

„Oh Mann, ist das blöd hier", hörte er nun Timo, „darf ich denn nicht auch ein Kreuz machen? Was soll denn das Ganze?"

Paul stand auf und holte Timo und Paula zu sich herüber. „Seid ihr bitte ein kleines bisschen leiser? Wir Erwachsenen müssen uns doch konzentrieren, damit wir das Kreuz an der richtigen Stelle machen!"

„Aber was ist denn die richtige Stelle, Papa? Und ist das hier der Stift? Toller Stift, so einen möchte ich auch haben!"

Paula griff nach dem dicken Buntstift und zog ihn an dem langen Faden zu sich.

„Halt, Paula, der muss hier bleiben. Da kommen noch viele Leute, um auch Kreuzchen zu machen."

Bettina war inzwischen fertig, und mit Lenas Hilfe faltete sie den Stimmzettel. Lena durfte ihn auch nach vorn tragen. Bettina folgte ihr und ließ sich im Wählerverzeichnis abhaken. Dann öffnete ein mürrischer Wahlhelfer die Urne und sagte: „Das müssen Sie aber schon persönlich machen, Frau Schreiner! So geht das nicht, das ist hier kein Kindergarten."

„Nein, das ist eine Schule!" Timo stolzierte zu seiner Mutter. „Ich weiß das, ich bin nämlich schon in der zweiten Klasse! Und ich darf auch bald Kreuzchen machen!"

Der Wahlhelfer runzelte die Stirn. „Na ja, ‚bald' ist ja wohl übertrieben. Also, werfen Sie jetzt ihren Stimmzettel ein?"

Bettina versuchte ihn Lena aus der Hand zu nehmen, was ein durchdringendes Geschrei zur Folge hatte. Gudrun überreichte gerade einer alten Frau mit Rollator ihren Stimmzettel, die erschrocken zusammenzuckte und ihn fallen ließ. Timo stürzte zu dem Zettel und hob ihn auf.

„Danke, mein Junge", sagte die alte Dame und streckte die Hand aus. Timo breitete den Zettel auseinander und sagte: „Der sieht genauso aus wie der von Papa. Mama, sieht deiner auch so aus?"

Bettina versuchte Lena zu beruhigen und sagte nur kurz: „Alle sehen gleich aus. Komm, bitte, wir werfen ihn gemeinsam ein, ja?"

Die Dame stand noch immer mit ausgestreckter Hand da, jetzt auch mit offenem Mund, und schaute von einem Kind zum anderen. Timo rannte mit ihrem Zettel in Pauls Kabine, in der noch eine heftige Diskussion um den Stift stattfand.

„Paula, jetzt reicht's. Wir wollen doch noch Pizza essen. Gib mir jetzt den Stift, sonst …"

Timo schien das schon zu kennen, sagte sein Grinsen. Hinter dem „sonst" kam vermutlich nichts mehr, in seinem Alter hatte ein Junge schon viel Erfahrung mit diesen Sätzen. Er schnappte sich den Stift aus Paulas Hand, die gar nicht auf ihn geachtet hatte und sofort ebenfalls in Geheul ausbrach. Paul sagte: „Danke, Timo, aber so wild muss es doch auch nicht … Paula!! Timo!!"

Paula trommelte mit beiden Fäusten auf Timos Rücken. Der stand breitbeinig vor dem Tisch, hatte den Stimmzettel der alten Dame ausgebreitet und malte ein Kreuz in das mittlere der runden Kästchen.

„Timo! Das darfst du nicht! Woher hast du denn überhaupt den Zettel?"

„Gefunden", sagte Timo, faltete ihn kunstgerecht und lief zu der alten Dame zurück. „Hier, bitte, hab ihn für Sie ausgefüllt, damit Sie mit Ihrem Wägelchen nicht in die Kiste müssen!"

Die Dame blieb sprachlos stehen und nahm den Stimmzettel entgegen.

„Sie müssen ihn selbst in den Schlitz werfen, hat der Mann gesagt", fügte Timo freundlich hinzu.

Die Wahlhelfer waren aufgesprungen und redeten nun alle durcheinander. Paul war Timo hinterhergelaufen und redete auch auf ihn ein. Timos kleine Schwestern heulten. Timo verstand überhaupt nicht, was denn los war und schaute fragend seine Mutter an. Lena hatte Bettinas Stimmzettel wutentbrannt zerknüllt und auf den Boden geworfen. Bettina hatte ihn aufgehoben und ein wenig geglättet und wollte ihn nun endlich in den Schlitz der Urne schieben, was der zuständige Wahlhelfer jetzt aber zu verhindern versuchte. Noch ehe die heftig auf Timo und die Frau einredenden Wahlhelfer etwas begriffen, kam Paula mit einem wild gefalteten Zettel aus Pauls Kabine und schob ihn in die Urne, als sie für einen Moment unbewacht war. Timo griff entschlossen nach dem Zettel in der Hand der alten Frau, wehrte die ihn halten wollenden Hände der Erwachsenen ab und stopfte den Zettel in die Urne, den zerknüllten seiner Mutter hinterher.

„Fertig", sagte er strahlend. „Können wir jetzt Pizza essen gehen?"

Zweiter Teil: Zwischen Traum und Wirklichkeit

Dürfen wir selbst, fern der Kindheit, nicht auch mitunter unsere Fantasie auf Reisen gehen lassen? Oder, wenn wir ehrlich sind, tun wir das nicht beständig?

Gern sagen wir: „Sehen wir die Dinge mal realistisch", oder: „Nüchtern betrachtet" – aber genau genommen sehen wir alles durch die Brille der eigenen Erfahrung und der eigenen Vorstellungskraft.

Das sind nicht nur die Schatten, die uns in dunkler Straße verfolgen, nicht nur das Bedrohliche, das wir im Auge unseres Chefs wahrzunehmen glauben, das sind auch die Dinge, die wir eben *nicht* sehen. Andere sehen sie womöglich aber doch.

Und wer ist in der Lage, zu entscheiden, was Traum und was Wirklichkeit ist?

Moose Crossing

„Das letzte Mal", sagte Margret nachdenklich und zog die Strickjacke enger um ihre Schultern. Mit den Augen tastete sie wie gewohnt die Ufer des kleinen Sees ab. Die alten Bäume, die sich fast nicht bewegten, spiegelten sich in der Wasseroberfläche, die von keinem Lüftchen gekräuselt wurde. Es war still in der beginnenden Dämmerung. Hier und da flog noch ein Vogel durch den Himmel und spiegelte sich ebenfalls im Wasser.

Leo ächzte, streckte abwechselnd beide Beine und erhob sich von seinem Klappstuhl. „Ja", antwortete er, „zwanzig Jahre sind genug."

„Zwanzig Jahre. Wirklich schon?", fragte Margret leise, aber Leo war schon zum Auto gegangen. Sie schraubte den Deckel von der Thermosflasche und goss sich den letzten Rest Tee ein. Obwohl er nicht mehr besonders heiß war, blies sie sanft in den Becher, verglich im Geist wie gewohnt die Teeoberfläche mit der Seeoberfläche, lächelte und trank in kleinen Schlucken.

„Weißt du noch, wie wir hier eher zufällig hergekommen sind?", rief sie zu Leo hinüber. *„Zum Lily Pond kommen die Elche gern abends, um zu trinken.* So stand es im Reiseführer. Wir haben zwar keinen Elch gesehen damals, aber die Ruhe und die Bilderbuchsicht über den See waren der perfekte Abschluss für einen Tag des Herumfahrens und Wanderns."

„Nicht nur damals haben wir keinen Elch gesehen", entgegnete Leo, der zurückgekommen war, um seinen Klappstuhl zu holen. „In all den Jahren, alle zwei Jahre, wenn wir im Herbst auf diesen gottverlassenen Campingplatz zurückgekehrt sind, wenn wir am Abend hier gesessen sind, nie haben wir auch nur eine Elchnase gesehen." Energisch klappte er den Stuhl ein und ergänzte: „Komm jetzt bitte, es wird zu dunkel. Du weißt, dass ich in der Nacht nicht mehr so gut sehe. Und du warst schon immer nachtblind."

„Damals haben wir noch auf der Picknickdecke gesessen", erinnerte Margret sich und trank den letzten Schluck Tee. Sie ließ ihre Blicke nicht von den Ufern des Sees.

„Schluss mit Nostalgie. Schluss mit den ewigen Reisen nach und durch Neuengland. Gibt es einen Fleck hier, den wir noch nicht auswendig kennen?"

„Aber es ist doch so schön hier. Der Kancamagus Highway, das strahlende Herbstlaub, der Nebel morgens …"

„… und die fehlenden Elche abends", ergänzte Leo und hielt ihr die Hand hin, um ihr beim Aufstehen zu helfen.

„Ach, Leo", sagte sie seufzend und streckte ihren Rücken. „Gib doch zu, dass du es genauso vermissen wirst wie ich."

Er griff nach dem Picknickkorb und Margrets Klappstuhl und wandte sich zum Auto. „Vor allem die Elche", brummte er.

Margret lachte, drehte dem See den Rücken und folgte ihm. „An jeder Landstraße die Schilder mit ‚moose crossing', und nicht einer hat unsere Wege gekreuzt."

„Vielleicht hat ihnen unser Radioprogramm nicht gefallen", schmunzelte Leo.

„Oder unser Leihwagen", sagte Margret und betrachtete die Staubschicht und die Kratzer auf dem Lack. „Es war ja immer der billigste, den wir kriegen konnten."

„Sonst hätten wir uns nicht alle zwei Jahre die Reise hierher leisten können", erinnerte er sie.

„Ich hatte in den Jahren dazwischen richtige Entzugserscheinungen", sagte Margret traurig, „und nun ist es das letzte Mal."

Leo seufzte und sortierte Stühle, Körbe, Taschen und Stiefel im Kofferraum.

„Wir haben wie immer zu viel Zeug dabei", brummte er.

Margret verabschiedete sich wehmütig von den Bäumen ringsumher. Ein gelbes Blatt und dann ein leuchtend rotes segelten langsam vor ihr zu Boden, als ob die Bäume ihr antworten wollten. Einen nach dem anderen schaute sie hinauf und hinunter. Dann sah sie die großen, braunen Augen.

Sie hielt den Atem an und bewegte sich nicht. „Leo", flüsterte sie, „schau mal."

„Hmm?", kam es aus dem Kofferraum zurück.

Der große pelzige Kopf schob sich zwischen den Bäumen hervor, die mächtigen Schaufeln passten genau in die Lücke zwischen den Stämmen. Das Tier witterte, warf einen kurzen Blick auf die Touristen, dann trabte es über die Lichtung auf den anderen Teil des Waldes zu, fast lautlos.

„Leo!", Margret rüttelte ihn an der Schulter. „Da!"

Leo fuhr auf und stieß mit dem Kopf gegen die Kofferraumklappe. „Verfl... – was ist denn?"

Er rieb sich den Kopf, schaute Margret an und sah ihren verzückten Blick, der in die Ferne, in den Wald gerichtet war.

„Ist ja gut", meinte er versöhnlich, „wir haben jetzt so viele Fotos, wir können uns den Wald und auch den Lily Pond jederzeit auf die Wohnzimmerwand holen."

Margrets Blick kam zu ihm zurück, verwirrt, erstaunt. Sie schüttelte den Kopf und wies auf den Wald, dorthin, wo der Elch verschwunden war. Sie öffnete den Mund, brachte aber kein Wort heraus.

Leo legte einen Arm um ihre Schulter und drückte sie. „Komm, Gretl, es wird dunkel. Wir müssen fahren. Lass uns Abschied nehmen."

Margret nickte und öffnete die Beifahrertür. Leo schloss den Kofferraum, setzte sich ans Steuer und startete.

„Zwanzig Jahre sind genug, wirklich", sagte er, als er auf die schmale Straße einbog.

In der Kantine

Wie war es denn im Urlaub?

> Super! Mal ein richtig gutes Hotel erwischt. Kann ich nur empfehlen.

Wo warst du?

> Kenia. Mombasa. Ich sage dir, da gibt es noch Service!

Toll! Erzähl!

> Ja, wie schon gesagt: Erstklassiges Hotel. Großer Pool, wenn auch arg frequentiert. Ich bin da immer abends schwimmen gegangen. War dann auch ganz gut nach dem Buffet, das war nämlich reichhaltig. Tagsüber war es dann nett an der Poolbar. Leckere Cocktails, täglich einer sogar frei, Preise aber sonst erträglich. Und tolle Mädchen da. Wirklich nett.

Aha. Im Hotel also alles wie gewünscht. Und sonst?

> Na ja, der Kaffee, der war nicht so. Guten Kaffee kriegt man ja im Ausland selten.

Und sonst? Außer Hotel?

> Die Busse dort – kann ich nicht wirklich empfehlen. Natürlich haben wir die kaum genutzt, bloß Flughafentransfer und dann die Safari. Aber die Federung – *falls* man das überhaupt so nennen kann ... Klar, die Fahrer sind nett. Aber man versteht sie nicht. Das ist nicht wirklich Englisch, was die radebrechen.

Safari? Erzähl!

> Na ja, die war inklusive. Das nimmt man dann mit, ist ja klar. Aber dieser Rüttelbus, ich sage dir! Einige haben dann sogar gekotzt, als wir Station gemacht haben. Apropos Station! Stell dir vor, da bist du dann als Mensch wie die Tiere im Zoo, eingezäunt, und draußen spazieren die Elefanten herum und interessieren sich nicht mal für dich. Ohne Fernglas bist du da aufgeschmissen.

Aber du hast welche gesehen?

> Einen. Von weitem eben. Weil meine nette Busnachbarin ein Fernglas dabei hatte.

Und weitere Tiere? Da waren doch sicher welche!

> Hmm. Ja, vom Bus aus waren da mal Zebras zu sehen. Aber ich hab mich lieber mit der Nachbarin unterhalten. War 'ne tolle Frau. Nur hat die dauernd nach Tieren Ausschau gehalten. Hat mir dann immer sofort erzählen müssen, was sie sieht.

Und?

> Was und? Über einen netten Flirt ist es nicht hinausgegangen.

Ich meine doch die Tiere! Die sie dir gezeigt hat!

> Ja. Sage ich ja. Zebras. Und, wie heißen die? Genug? Nee, Gnu. Kleiner Scherz.

Aber wieso bist du dann auf Safari, wenn du nicht nach den Tieren geschaut hast?

> Sag ich doch. War inklusive.

Ist aber doch eine einmalige Gelegenheit, mal diese Tiere in Freiheit zu sehen!

> Ja? Also, ich muss sagen, diese Fernsehdokus über Afrika machen mich mehr an. Da ist man hautnah dran. Ohne Rüttelbus.

Aha? Und – das Meer?

> Welches Meer?

Vollmond

Früher, so um die Jahrtausendwende, bin ich im Herbst gern für eine Weile nach Südtirol gefahren. Die wunderbare Mischung aus alpiner und mediterraner Flora, der Blick auf Bergspitzen im Schnee, dabei die Spätsommersonne im Gesicht, das war für mich Genuss pur. Von Wein, Speck und Käse am Abend gar nicht zu reden. Untertags, bei meinen Wanderungen durch Wein- und Obsthänge, freute ich mich an Vögeln, Bienen, Schmetterlingen und vor allem: an Eidechsen.

An jeder Bruchsteinmauer, die in der Sonne lag, strömten sie in Scharen hinauf, hielten inne, um die Wärme zu genießen, verschwanden in Spalten, wenn sie den Wanderer erspürten, zogen weiter nach oben. Jeden Morgen, jeden Mittag – immer zogen sie nach oben. Wann kommen sie wohl wieder herunter, habe ich mich oft gefragt, dann aber über einem guten Roten das Rätsel schnell wieder vergessen.

Wieder einmal kam ich von einer Wanderung zu meiner Pension zurück und beobachtete an der Mauer, die den benachbarten Weinhang nach unten hin abschloss, die Tierchen, wie sie lautlos und elegant von Stein zu Stein huschten, je nach Untergrund ein wenig die Farbe wechselten, oben angekommen im Gras verschwanden. Aus den Augenwinkeln bemerkte ich eine Bewegung, schaute auf und in das Gesicht meiner Wirtin, die mich anlächelte.

„Einen Teller Suppe mit Knödel?", fragte sie freundlich.

Ich nickte, gedankenverloren, und fragte spontan zurück: „Wann kommen sie wieder herunter?"

Sie schüttelte verdutzt den Kopf. „Wie meinen Sie, bitte?"

„Die Eidechsen. Ich sehe immer nur, wie sie hinaufkriechen. Jeden Tag. Wenn das nicht jedes Mal Neugeborene sind, müssen sie doch auch wieder herunter!"

Sie lachte schallend und blickte prüfend zum Himmel hinauf.

„Natürlich kommen sie wieder herunter", antwortete sie dann in ihrem singenden Tirolerisch, „aber in der Nacht, wenn wir es nicht bemerken."

„Sehen sie denn in der Nacht?", fragte ich weiter.

„Der Mond leuchtet ihnen", sagte sie, immer noch lachend. „So wie heute. Es ist nämlich beinahe Vollmond. Kommen Sie, essen Sie erst einmal!"

Ich folgte ihr auf die sonnige Terrasse und ließ es mir gut gehen.

Aber die Sache ging mir nicht mehr aus dem Kopf. In zwei Tagen musste ich heimfahren, und ich wollte einmal, nur einmal, die Eidechsen herunterkommen sehen.

Am Abend fasste ich dann einen Entschluss. Wenn die Sonne unterging, wurde es schnell empfindlich kühl. So hüllte ich mich in Pullover, Schal und Anorak und stieg den Pfad längs des Weinbergs hinauf. Die Lichter des Dorfs blieben zurück, und ich brauchte eine Weile, bis ich mich im Mondschein orientiert hatte. Dann kletterte ich über einen kleinen Zaun und tauchte zwischen die Rebreihen, tastete mich behutsam an Streben und Aufbindungen entlang im Zickzack wieder hinunter, bis ich auf dem breiten Grasstreifen ankam, an dem die Rebsträucher endeten. Hier musste die Mauerkrone sein.

Vorsichtig, um kein Geräusch zu machen, ging ich den Streifen entlang. Richtig, hier schimmerten Steine im Mondlicht. Ich suchte mir eine Stelle, an der man die bleiche Oberfläche einiger Steine deutlich sah und ließ mich im Gras nieder.

Der Mond stand groß und voll am Himmel. Ich musste schmunzeln, als ich, was ich in meinem Alltag nie tat, sein von Kratern gebildetes „Gesicht" betrachtete. Kein Wunder, dass er früher Thema für vielerlei Märchen und Mythen war. Runzelig und, ja, ein wenig missmutig schaute er auf mich herab. Keine Bange, alter Mond, sprach ich ihn in Gedanken an, ich will dein Reich nicht stören, nur ein wenig beobachten.

Verzog sich sein krakeliger Mund zu einem leichten Lächeln? Ich schüttelte den Kopf über meine Fantasien und begann, meine Umgebung mit den Ohren zu erkunden.

Rascheln. Mäuse? Zu sehen war nichts. Dafür kribbelte es jetzt auf meinem Handrücken – eine Ameise war noch unterwegs. Ich schüttelte sie ab, sie fiel auf einen Mauerstein und krabbelte dort weiter.

Langweilig war es, mir wurde kalt, Müdigkeit drückte auf meine Augenlider. Ich riss die Augen krampfhaft auf und schaute wieder zum Mond auf. Er war ein Stück weiter gewandert, und auch seine Augen waren inzwischen halb geschlossen.

Was für interessante Lichteffekte, dachte ich, da riss er plötzlich die Augen weit auf, und zwei funkelnde Pupillen starrten mich an. Ich schrak zusammen. War ich etwa eingenickt? Wieder schüttelte ich meinen Kopf, schüttelte den Blick des Mondes ab und blickte lieber wieder auf die weißlich schimmernden Mauersteine.

Da saß sie. Schlank, silbrig, mit dem typischen Zackenmuster, der Atem heftig pulsierend in ihrem Hals. Die Schwanzspitze zuckte gelegentlich, die Äuglein schauten aufmerksam nach allen Seiten. Ich wagte kaum zu atmen. Schön war sie und irgendwie auch geheimnisvoll. Eidechse im Mondlicht – nur schade, dass ich die Kamera nicht eingesteckt hatte.

Sie ruckte zu mir herum, wandte mir den Kopf zu. Ich saß ganz still, und wir schauten uns in die Augen. Wie gebannt fühlte ich mich. Nach einer Weile schien sie mit der Musterung meiner Person fertig zu sein und drehte sich wieder zur Seite, so dass ich ihren silbrigen Leib der Länge nach betrachten konnte. Ihr Atem ging nun deutlich langsamer, ruhiger, und sie machte Bewegungen, die mir wie eine Art Schulterrollen vorkamen. Dann senkte sie den Kopf ganz tief auf den Stein, als wollte sie fressen. Aber da war nichts, nur Mondlicht.

Langsam hob sie den Kopf wieder, hob ihn so hoch, wie sie vermochte, schien tief einzuatmen, und beim Ausatmen stieß sie kleine Wölkchen aus ihren winzigen Nüstern.

War es denn so kalt? Und atmeten Eidechsen tatsächlich Wölkchen aus, war ihr Atem denn so warm? Sie schien mir auch irgendwie größer auszusehen jetzt, viel größer, aber das lag vielleicht an dem wandernden Mondlicht und dem langen Schatten, den das Tierchen nun warf.

Wieder bewegte sie ihre Schultern in einem langsamen Rollen, und da – mir stockte der Atem – entfalteten sich, langsam und zuckend, zwei silberweiße, fast durchsichtige Flügel. Flügel auf dem Rücken der Eidechse.

Sie drehte sich erneut zu mir um, schnaubte leise, und zwei Wölkchen strömten aus ihren Nüstern auf mich zu. Dann breitete sie die Flügel in einer anmutigen Bewegung aus, streckte die Vorderpfoten und – erhob sich langsam in die Luft, winzige Stichflammen ausstoßend.

Was dort auf der Mauerkrone weiter geschah, kann ich nicht berichten. Ich weiß nicht mehr, wie ich es geschafft habe, zwischen den Reben den Weg zurück zur Pension zu finden. Schlaf habe ich in dieser Nacht keinen mehr gefunden, beim geringsten Geräusch bin ich zusammengefahren. Am nächsten Tag bin ich abgereist und seitdem nie wieder in dieser Gegend gewesen.

Neunzig Minuten

Ingolf gab noch einmal Gas, aber die Ampel schaltete um auf Rot, und er musste anhalten. Der Blick auf die Uhr sagte ihm, dass es schon fast drei war, er musste sich beeilen. Er gähnte und dehnte die Schultern, um die unfreiwillige Pause wenigstens auszunutzen. Nach einer Weile trommelte er ungeduldig mit den Fingern aufs Lenkrad. Wurde das denn hier gar nicht mehr Grün? Irgendeine Vorrangschaltung für Busse? Er kannte sich in dieser Gegend nicht aus. Um sich abzulenken, schaltete er das Autoradio ein.

Eine freundliche Stimme erklärte: „Die Schlafforschung hat bewiesen, dass die menschliche Aufmerksamkeitsspanne nach etwa 90 Minuten nachlässt. Daher sollte man alle 90 Minuten eine Pause einlegen, um danach wieder einen Aktivitätsschub zu erleben."

„Blödsinn", knurrte Ingolf. Er suchte einen anderen Sender.

„Relax, take it easy", sang eine Männerstimme begeistert.

„Leicht gesagt", murmelte Ingolf und suchte weiter.

Wieder ein Sprachsender. „Was kann man nicht alles tun, wenn man sich endlich einmal wieder Zeit gönnt!", sagte eine sonore Stimme in eindringlichem Ton.

Ingolf drückte wütend auf den Senderwahlknopf. Dieselbe Stimme fuhr fort: „Briefe schreiben zum Beispiel. Wann haben Sie das letzte Mal einen Brief geschrieben? Kennen Sie Ihre eigene Handschrift noch? Und die Ihrer Liebsten?"

Ingolf hielt inne, den Finger kurz vor dem Radio, und überlegte unwillkürlich.

Die Stimme fuhr fort: „Schreiben mit der Hand regt die Fantasie an, erzwingt Konzentration, zugleich ist der Körper ruhiger als beim Tippen am Computer. Und – gibt es etwas Aussagekräftigeres über eine Person als ihre Handschrift? Lassen Sie sich nicht entgehen, diese Seite an Ihnen zu fördern und zu entwickeln, ja, neu zu entdecken."

Ingolf schüttelte den Kopf und drückte den Knopf.

Diesmal war es wieder eine Frauenstimme, zugegebenermaßen eine sehr erotische. „Nehmen Sie sich Zeit für Gespräche", sagte sie, „egal mit wem. Schauen Sie Ihrem Gegenüber doch einmal in die Augen, entdecken Sie den Menschen. Ein Gespräch von, sagen wir mal, fünf Minuten kann erfrischend und bestärkend sein, und Sie fühlen sich wieder mehr im Reinen mit sich und Ihrem Gegenüber. Überlegen Sie: Mit wem möchte ich mal wieder reden? Egal über was!"

Ingolf drückte den Aus-Knopf und griff nach dem Smartphone, um zu checken, ob er neue Nachrichten erhalten hatte. Da fiel sein Blick auf das Foto seiner Frau, das das Display zierte. Fast ferngesteuert wischte sein Finger durch die Kontakte und tippte ihre Nummer an. Laura meldete sich erstaunt: „Was ist denn?"

„Nichts, gar nichts", beeilte er sich zu antworten, aber auf ihr erwartungsvolles „Ja?" musste er das Gespräch irgendwie fortsetzen.

„Weißt du", begann er, „dass … dass du heute Morgen richtig gut ausgesehen hast? In diesem grünen Dings, wie heißt es gleich …"

„Kasack", entgegnete Lauras Stimme.

„Ja, richtig. Der Stoff schwebt so um dich, das ist …", er verlor den Faden.

„Seide", kam es lakonisch aus dem Telefon.

„Seide", sagte er träumerisch. „Weißt du noch? Das Nachthemd, das wir damals in Venedig gekauft haben? Dieses Etwas, dieses Nichts von einem Stoff? Das war auch Seide. Und erinnerst du dich an die Nacht damals?"

„Ja", ihre Stimme klang gedehnt, „sicher, aber – wie kommst du da jetzt drauf?"

„Ach", Ingolf geriet ins Stottern, „das, ich, ja, ach, manchmal, weißt du, manchmal muss man einfach … eine Pause machen. Innehalten. Verstehst du?"

Er konnte beinahe hören, wie sie lächelte. „Ja", sagte sie, sehr leise, sehr zärtlich, „da hast du sicher recht. Und danke, dass du … dass du das gesagt hast. Also zu mir. Also, dass du gerade mich angerufen hast in deiner Pause. Ach. Das kommt alles so unerwartet. Ich bin ganz verwirrt, Liebster."

„Weißt du", sagte Ingolf nachdenklich, „ich auch. Ich glaube – oh, die Ampel schaltet auf Grün! Ich muss los! Bis heute Abend!"

Er beendete das Gespräch und startete den Wagen. Sein Blick fiel auf die Uhr. Fast halb fünf. 90 Minuten.

Chalki

Leise plätschert das Wasser gegen die Hafenmauern. Die Dämmerung sinkt herab. Die letzten Händler holen ihre Auslagen herein und fegen das Pflaster vor ihren Läden. Möwen kreischen und suchen nach übriggebliebenen Leckerbissen. Katzen springen elegant hinter Mauern hervor und jagen sie ihnen ab. Mit lautem Dröhnen verlässt die letzte Fähre die Insel.

Laute, schnelle Schritte. Atemlos erreichen Paul und Anna die Uferpromenade, stoppen jäh, prallen beinahe aufeinander. Fassungslos starren sie der Fähre nach, die sich in einer langen Kurve entfernt.

„Verd…", knirscht Paul zwischen den Zähnen hervor, „und jetzt?"

Anna holt tief Luft und streicht sich die Haare aus dem Gesicht. „Hier gibt's doch sicher Hotels", sagt sie, „oder was meinst du?"

„Ich glaube, meine Meinung spielt hier weniger eine Rolle", sagt Paul, mit einem gewissen Knurren in der Stimme, „aber die paar Lira, die ich noch habe. Oder besser, die, die ich nicht habe."

Erschrocken streift Anna ihren Rucksack ab und fischt im Seitenfach nach ihrer Geldbörse. „Zwanzig, nein, zweiundzwanzig Lira, und fünfzig – wie heißt das Kleingeld noch mal?"

„Kuruş, aber das hilft uns jetzt auch nichts." Paul räuspert sich und spuckt wütend auf den Boden. Anna schüttelt langsam den Kopf und geht entmutigt zu einer der Sitzbänke, die die Promenade säumen. Sie plumpst darauf nieder und streckt die Beine von sich.

Kurz darauf setzt sich Paul neben sie und hält ihr einen Sesamkringel hin. „Hier, dafür hat es noch gereicht. Wasser müsstest dann du besorgen."

„Ich hab noch", entgegnet Anna, „und Schokoriegel. Aber – wo sollen wir die Nacht verbringen?"

„Keine Ahnung", sagt Paul nachdenklich, „aber im Sommer sind die Nächte hier mild. Und diese Bank ist ja nicht übel." Er kaut gemächlich ein Stück Sesambrot.

„Du spinnst ja!", ruft Anna, leichte Panik in der Stimme. Sie schaut sich um. Die Nacht hat endgültig Einzug gehalten, nur einige Laternen geben vereinzelt ein schwaches Licht, und nur noch wenige Menschen sind unterwegs. Lokale sind noch geöffnet, aber mit 22 Lira?

Etwas streift Annas Nacken, und sie springt erschrocken auf. Von der Rückenlehne der Bank schauen sie zwei glühende Augen an.

„Was … was …", stammelt sie verwirrt. Paul folgt ihren Blicken und lacht. „Noch nie 'ne schwarze Katze im Dunkeln gesehen?"

Anna lacht nervös mit und setzt sich wieder. Auch sie nimmt ein Stück Sesamkringel und steckt es in den Mund. Als sie die linke Hand neben sich auf die Bank legt, fühlt sie weiches Fell. Diesmal erschrickt sie nicht mehr und blinzelt im Dunkeln nach ihrer neuen Nachbarin. Diese Katze ist rot und weiß gefleckt. Die helleren Fellhaare schimmern im trüben Laternenlicht. Als Anna sie vorsichtig streichelt, kuschelt die Katze sich behaglich zurecht und beginnt zu schnurren.

Sie essen das Brot und geben den Katzen ein bisschen ab, woraufhin plötzlich mindestens ein halbes Dutzend leuchtende Augenpaare um sie herum sind.

„Nur Katzen. Es sind nur Katzen." Anna spricht beruhigend zu sich selbst.

Paul steht auf, klopft sich die Krümel von Hemd und Hose und streckt die Hand aus. „Komm, gib mir deine Lira, ich besorg uns was zu trinken."

„Du willst mich doch jetzt nicht allein lassen? Hier?" Jetzt liegt echte Panik in Annas Stimme.

Paul schnaubt und weist in die Runde. „Was willst du? Sind doch nur Katzen hier!"

Anna seufzt und gibt ihm ihren Geldbeutel, und er verschwindet im Dunkel. Vorsichtshalber zieht sie ihren Pullover aus dem Rucksack und kuschelt sich hinein. Als sie sich zurücklehnt, berührt sie wieder Katzenfell im Nacken. Langsam lehnt sie ihren Kopf an das Tier und spürt ein sanftes Schnurren.

Sie ist wohl eingeschlafen, als ein Knattern sie aufschreckt. Verwirrt schaut sie sich um und sieht die Positionslichter eines Hubschraubers, der sich von der Insel entfernt. Richtig, sie sitzen ja auf Chalki fest. Wo ist Paul? Niemand ist zu sehen, nur eine Katze zu ihren Füßen. Die anderen beiden auf der Bank, im Nacken und an ihrer linken Seite, sind auch noch da, sie spürt die warmen Körper. Eine Möwe kreischt ganz in der Nähe, und Anna zuckt zusammen. Die Katze links rückt näher, wie um Anna zu beruhigen.

Plötzlich ein Brummen von rechts. Sie sieht die Scheinwerfer eines Autos. Ein kleiner Laster fährt langsam vorbei, schimmert grün im Licht der Hafenlaternen. Seine Ladefläche ist offen, und sie sieht darauf ein langes Paket, mit grünem Tuch bedeckt. Wie ein Sarg, denkt sie unwillkürlich und erschrickt erneut. Sie schaut dem Auto noch entgeistert nach, als sie weiche Pfoten auf ihrem Arm spürt. Auch zu ihrer Rechten hockt nun eine Katze, schaut sie bewegungslos an, die Vorderpfoten immer noch auf Annas Unterarm, was seltsam entspannend wirkt.

Sie legt den Kopf wieder nach hinten, schließt die Augen und genießt die beruhigende Wärme des Tierfells hinter sich.

„Alles gut?", fragt eine sehr, sehr weiche Stimme.

Anna schaut auf, blickt in Katzenaugen. Ich darf jetzt nicht hysterisch werden, denkt sie, wo zum Teufel bleibt Paul.

„Schlaf ein bisschen", hört sie die weiche Stimme erneut, und erschöpft schließt sie wieder die Augen, den Kopf an die Katze hinter ihr gebettet.

Ein tiefes, grollendes Knurren ist zu hören, wird langsam lauter. Anna ballt die Fäuste und presst die Augen zu. Nein, nein. Es reicht.

„Nein, Kamerad, lass das", ertönt da die weiche Stimme. Anna spürt, wie die Pfoten auf ihrem Arm sich bewegen, dann landet ein weiches Gewicht in ihrem Schoß. Nicht hinsehen, denkt sie, alles gut. Nur Katzen.

Das Knurren hört abrupt auf, nur um danach neu und drohender wieder einzusetzen.

„Hab keine Angst", sagt die weiche Stimme, und eine andere, ebenso weiche, aber sehr bestimmte Stimme sagt in Richtung des Knurrens: „Hör auf jetzt, du machst ihr Angst."

Nicht hinschauen, denkt Anna. Ich will gar nicht wissen, wer da spricht.

Das Knurren hört nicht auf. Plötzlich bewegt sich das weiche Fell links von ihr, sie spürt die flüchtige Berührung einer Kralle, hört ein tiefes Fauchen – dann wird das Knurren zu einem wütenden Gebell, das sich rasch entfernt. Ein ganz leiser Plumps auf der Bank, ein Kopf reibt sich an ihrem linken Arm, und die zweite Stimme sagt freundlich: „Jetzt ist Ruhe."

Die erste antwortet gelassen: „Wurde auch Zeit."

Stille. Vorsichtig öffnet Anna die Augen. Eine Katze links auf der Bank, eine auf ihrem Schoß, immer noch eine im Nacken. Die Katze auf ihrem Schoß hebt den Kopf, nickt ihr zu.

Nickt mir zu?! – Und wer, zum Teufel, hat da gesprochen? Werde ich jetzt verrückt? Anna richtet sich auf, atmet langsam und konzentriert durch und späht nach Paul aus.

„Nein, du wirst nicht verrückt", hört sie die weiche Stimme erneut, „wir passen doch auf."

Blitzschnell reißt Anna den Kopf herum. Niemand. Die Katze auf der Rückenlehne – oder besser: deren Augen, denn das dunkle Fell verschmilzt mit der Nacht – schaut sie gelangweilt an. Mit klopfendem Herzen lehnt Anna sich zurück und spürt dankbar das beruhigende Schnurren. Katze im Nacken, im Schoß, an der Seite. Sie entspannt sich.

„Anna! Raki und Wasser! Na, was sagst du?", hört sie plötzlich Paul, wieder gut gelaunt.

„Jetzt mach's gut", flüstert die weiche Stimme.

Anna schaut sich um. Keine Katze zu sehen. Paul steht grinsend unter der Laterne, zwei Flaschen schwenkend.

Rhyolite

Als der Ford von der Straße abbog und mit knirschenden Reifen auf dem Sand hielt, war die Sonne dem Horizont schon ein gutes Stück näher gekommen. Der Fahrer sprang eilig aus dem Auto und öffnete die Motorhaube. Unangenehm riechender Qualm kam ihm entgegen. Die Beifahrerin war ihm langsamer gefolgt und stand nun einen Schritt hinter ihm, rieb sich die Arme, als ob sie trotz des warmen, ja drückenden Abends fröstelte. Leise diskutierten sie miteinander.

Die zwei jungen Leute auf der Rückbank hatten halb geschlafen und kamen nun langsam in die Realität zurück.

„Wo sind wir denn? Sind wir schon da?" Das Mädchen klang unzufrieden.

„Ach, Pia, das ist eher das Tal des Todes als das Tal der Hoffnung aufs Abendessen", meinte der junge Mann spöttisch.

Pia hatte das Fenster geöffnet. „Iiiii, Papa, was stinkt hier denn so?"

„Keine Panik", antwortete der Fahrer in einem Ton, der in krassem Widerspruch zu seinen Worten stand. „Heißgelaufen. Kriegen wir schon hin. Irgendwo haben wir da eine Telefonnummer."

„Kannst ja den ADAC rufen", war der Kommentar seines Sohnes.

„Mann, Lars, wir sind in Kalifornien", fuhr Pia ihn an. „Oder Nevada, oder so. Aber wann kommen wir denn dann an?"

„*Bitte!*" Die Mutter war genervt. Sie fischte Reiseunterlagen aus dem Handschuhfach und sagte: „Lasst euren Vater jetzt mal in Ruhe, ja? Sonst wird das heute nichts mehr."

„Und was sollen wir dann solange tun?", maulte Pia weiter.

„Sightseeing?", schlug Lars vor und wies auf einige halbverfallene Holzhäuser, die nicht allzu weit entfernt zu sehen waren. Die Wolken am Himmel wuchsen langsam und verdunkelten immer wieder die sinkende Sonne. Pia stöhnte.

Die Mutter studierte den Autoatlas. „Wir sind – etwa – kurz vor Beatty. Das ist in Nevada. Das da drüben müsste oder könnte – Rhyolite sein. Eine aufgelassene Goldgräberstadt. Fast schon zu dunkel, um da hineinzugehen, da sind sicher Geröll und Gerümpel ohne Ende."

„Wow", tat Lars begeistert, „womöglich finden wir einen Schatz, nichts wie los."

„*Aufgelassene* Stadt", betonte Pia, „die werden wohl schon damals nichts Wertvolles mehr gefunden haben."

„Oder wir finden Geister? Wollte ich immer schon mal sehen." Lars stieg aus und streckte sich. Beide Teenager hockten sich an den Straßenrand und schauten ihrem Vater beim Telefonieren und Abwarten zu. Irgendwann stand Lars auf und meinte: „Also Geisterstadt ist da schon interessanter. Bis später."

Er stapfte in Richtung der Holzhäuser davon.

„Warte", kreischte Pia und stolperte hinterher, woraufhin ihr Bruder zu rennen anfing.

„Eine Stunde, dann seid ihr zurück, klar?", rief der Vater ihnen nach. „Und gebt acht!"

Lars hatte die längeren Beine, war sportlicher, mutiger, ausdauernder. Davon war zumindest er überzeugt. Er erreichte die ersten Häuser, als die Dämmerung schon weit fortgeschritten war. Die Wände warfen lange, diffuse Schatten, leere Fensterhöhlen gähnten tiefschwarz, die Straßen waren staubig. Vorsichtig betrat er ein Haus, stieg über herumliegende Balken hinweg, fand eine Hintertür, die auf eine enge Gasse führte, in der noch Gerümpel lag. Hier war es besonders dunkel. Er tastete sich an Hauswänden entlang, ging um ein, zwei Ecken – und hatte die Orientierung verloren.

Ein Heulen schreckte ihn auf. Er lachte über sich selbst. Schakal, dachte er. Ob der hier noch was zu fressen findet? Vorsichtig ging er weiter. Ein Blick zum Himmel zeigte ihm die Mondsichel, und er seufzte erleichtert auf. Ein Lichtblick, fand er.

Wolken jagten darüber hinweg, Wind war aufgekommen. Egal, noch ein bisschen stöbern.

Er hatte ein noch relativ komplettes Haus erreicht, dessen Vorderfront sogar verziert war. Die Schrift über der Türöffnung war aber nicht mehr zu entziffern. Irgendwas mit „F" jedenfalls. Rathaus, Sheriff? Was hieß Rathaus noch mal auf Englisch?

Lars stieg über Schutt hinein in das Haus. Der Eingangsraum war nicht groß, und er ging vorsichtig durch eine Tür zur Linken. Dieser Raum war größer, und es schienen noch Möbel herumzustehen, etwas wie gestapelte Truhen oder Schränke. Vielleicht ein Umzugsunternehmen. Gab es das schon zur Goldgräberzeit? Behutsam tastete er über eine der Truhen. Dabei bewegte sich der Deckel und polterte in einer Staubwolke auf den Boden. Lars sprang erschrocken einen Schritt zurück und hustete.

Nach einer Weile hatte der Staub sich gelegt, aber nun war wieder ein Heulen zu hören, gefolgt von einem Pfeifen. Und etwas wie Schritte.

„Pia?", rief Lars nervös. Keine Antwort. Er kniff die Augen zusammen. Verdammte Dunkelheit, wo war noch mal die Tür? Vermutlich genau hinter ihm. Er drehte sich auf dem Absatz um und prallte gegen etwas Hartes, was erneut Poltern hervorrief und Staubwolken erzeugte. Instinktiv streckte er die Hand aus und erwischte wiederum eine Art Truhendeckel, der aber nicht nachgab.

Ein Blitz erhellte die Nacht und zeigte überdeutlich das Kreuz auf dem Deckel.

Lars ließ erschrocken los, machte zwei Schritte rückwärts, stieß wieder an Holz, das sich bewegte, mit Poltern nachgab und Lars mit sich zog auf den staubigen Boden. Während von fern dumpfer Donner grollte, lag Lars hustend und würgend zwischen Holzbrettern.

Ein weiterer Blitz zeigte ihm eine Fensteröffnung, zugleich aber auch weitere Kreuze auf den Holzfragmenten. Das Herz schlug ihm im Hals. Er zog sich vorsichtig auf Hände und Knie und tastete sich durch den Raum. Endlich fand er, nach weiterem Poltern, Blitzen und Donnern, die Türöffnung und zog sich an deren Rahmen hoch. Fast hatte er es geschafft, als der Rahmen nachgab und Lars der Länge nach hinschlug.

Er unterdrückte einen Fluch, hustete und wartete erneut, bis der Staub sich gelegt hatte. Der nächste Blitz erhellte einen kleinen, dämonisch grinsenden Kopf nahe vor seinem Gesicht.

„Aaaah", schrie er, sprang auf die Füße und rannte oder stolperte blindlings in die Richtung, aus der er es hatte blitzen sehen. Endlich erreichte er eine Maueröffnung und sprang auf die Straße, wo er keuchend stehenblieb.

Ein weiterer Blitz, Donner, erste Regentropfen. Lars sprang auf eine schmale überdachte Veranda. Der Boden gab nach, und er brach durch. Holzsplitter kratzten ihm den Bauch. Tief atmete er ein und aus, schloss die Augen und versuchte sich zu konzentrieren. Als er die Augen wieder öffnete, sah er im fahlen Mondlicht auf der Veranda eine Frau.

Unwillkürlich hielt er den Atem an. Sie war jung. Sie war schön, sehr schön. Lange dunkle Haare wehten im Wind, dunkle Augen sahen ihn im Licht der Blitze traurig an. Ein einfaches, helles, fast durchsichtiges Kleid floss bis auf den Boden. Wasser glänzte auf ihrem zarten, weißen Gesicht. Regen? Tränen? Langsam hob sie eine Hand und streckte sie ihm entgegen. Ihm wurde bewusst, dass er noch in dem Loch im Bretterboden stand, und er tastete nach den Balken, die die Veranda begrenzten, um sich hochzuziehen. Es gelang, und er stand unsicher, aber aufrecht vor der schönen Frau. Sie musterte ihn schweigend. Sein Herz klopfte, aber nicht vor Angst.

„Entschuldigung", sagte er heiser, bis ihm einfiel, dass eine fremde Frau hier in Nevada vermutlich Englisch sprach. „Excuse me", fuhr er tapfer fort, „do you know the way back to the highway? Can you show me the way? And", ihm wurde die Hilflosigkeit in der Haltung der Fremden bewusst, „maybe I can help you, too?"

Die Frau schwieg. Ihr unbewegtes Gesicht ließ nicht erkennen, ob sie ihn verstanden hatte. Dann drehte sie sich zur Seite, wies mit der Hand nach rechts, sprang leichtfüßig, geräuschlos von der Veranda und verschwand in der Nacht.

Warum hatte sie nicht geantwortet, warum war sie weggelaufen? Sie war so unglaublich schön gewesen. Hatte sie ihm nun den Weg gezeigt? Egal, Lars lief in die Richtung, in der die Fremde verschwunden war, den Regen ignorierend. Das wenige verbliebene Licht zeigte eine Straßenecke. Links oder rechts? Er wandte sich nach rechts und – schloss die Augen vor dem grellen Schein einer Lampe. Das gehört nicht hierher, dachte er, wo ist die fremde Frau? Er drehte sich um, um nicht in das Licht schauen zu müssen.

„Lars! Wo willst du denn hin?" Pias Stimme. „Wir müssen zurück, es regnet!"

Er hielt inne, heftig atmend, und drehte sich langsam um. Pia kam näher, blieb breitbeinig stehen und leuchtete ihn von oben bis unten mit der Taschenlampe an.

„Mann, du bist vielleicht dreckig", meinte sie vergnügt, „komm, hier geht's lang." Sie drehte sich um, und er folgte ihr zögernd.

Als sie ein paar Schritte gegangen waren, prasselte der Regen richtig los. Pia griff nach seinem Arm und zog ihn in das erstbeste Haus, das noch ein Dach hatte. Sie leuchtete mit der Taschenlampe umher. Kleiner Eingangsraum, im Nachbarraum Bretter, Truhen. Lars atmete scharf ein. Pia warf ihm einen Blick zu und schüttelte belustigt den Kopf.

„Angst vor Gewitter? Armer großer Bruder!"

„Das Haus hier ist ... ist ...", Lars versuchte, eine geeignete, nonchalante Formulierung für „nicht geheuer" zu finden, aber es wollte nicht gelingen.

„... ist ein Beerdigungsinstitut", ergänzte Pia trocken und beleuchtete die Wand gegenüber, an der in verblassten Buchstaben „James Carrington Funerals" zu lesen war. Sie ließ den

Lichtstrahl weiter durch den Raum gleiten. Als sie den Boden beleuchtete, erstrahlte wieder das kleine dämonische Gesicht. Der Lichtstrahl zuckte kurz, und Lars grinste schadenfroh.

„Katzenskelett", sagte Pia mit einer Stimme, die nur ganz wenig zitterte. Lars schluckte. Pia leuchtete weiter den Raum aus.

„Willst du nicht lieber Batterie sparen?", fragte er und konnte den heiseren Unterton in seiner Stimme nicht bändigen.

„Ist ganz frisch", war die Antwort, jetzt wieder mit sicherer Stimme, „und wozu sparen? Das Donnern wird schon leiser. Bald können wir wieder."

„Und dann?", fragte Lars, in Gedanken schon wieder bei der schönen Fremden. Sollte er versuchen, sie zu finden?

„Dann gehen wir da drüben über den Platz und sehen von dort schon den Highway", antwortete Pia.

„Kann ich", Lars streckte die Hand aus, „kann *ich* die Lampe haben?"

„Nix da", Pia ging einen Schritt von ihm weg, „damit du mich hier im Dunkeln stehen lässt? Und dann heulst und pfeifst du und machst mir den Geist? Ne, mein Freund. Hättest selbst eine mitnehmen können. Mitdenken, verstehst du?"

Sie ging vorsichtig zur Eingangstür und spähte in den Himmel. Die Wolken hatten sich fast verzogen, die Mondsichel gab ein schwaches Licht.

„Ich glaube, wir können", sagte sie und ging mitsamt Lampe hinaus. „Komm."

Verdammt, verdammt, dachte Lars, ich habe hier noch was zu erledigen. Aber ohne Licht, ohne Ortskenntnis?

„Du liebst die Dunkelheit, wie?"

Pia hatte ihren Spaß an ihm.

„Noch ein bisschen im Dreck suhlen? Oder ein paar Geister treffen?"

Sie lachte, und er sah, wie der Lampenstrahl sich entfernte.

„Warte!"

Er hasste es, dass seine Stimme so hysterisch klang. Rasch hatte er sie eingeholt, und sie schritten stumm auf das Auto der Eltern zu.

Dritter Teil: Zwischenmenschliches

Gibt es etwas Schwierigeres, als Beziehungen aufzubauen, zu pflegen, nicht zu verletzen, nicht zu verlieren?

Und wenn dann doch nichts mehr geht, wie geht man damit um?

Das ist das ungeschriebene Buch des Lebens, weil niemand auf diese Fragen eine Antwort hat, die für mehr als höchstens einen Fall passt. Und doch leben unendlich viele Ratgeberkolumnen von diesen Fragen und den – fragwürdigen – Antworten darauf, in Magazinen, Fernsehsendungen, Weblogs.

Ich bevorzuge, davon nur zu erzählen. Und ich verspreche, dass alle Geschichten hier rein fiktive sind, obwohl – einzelne Szenen und Charaktere sind mir vielleicht doch begegnet ...

Flirtportal

„Hallo!"

Die Stimme klang trotz Telefon fröhlich und warm. Elisa wollte genauso antworten, brachte aber erst einmal keinen Ton heraus. Sie räusperte sich hastig und würgte ein ziemlich heiseres „Hallo" heraus, fügte rasch noch ein „Wie schön, dich endlich zu sprechen" hinzu.

„Ja, das finde ich auch. Du warst mir mit jeder E-Mail sympathischer, ich freue mich riesig darauf, dich endlich richtig kennenzulernen!"

Er schien die Gelassenheit in Person zu sein. Aber das hatte sie sich ja gewünscht, chaotisch, wie sie war. Sie antwortete: „Ich hoffe, es klappt. Du weißt ja, ich verbasele Termine gern mal … habe ich dir ja alles schon gestanden."

„Was heißt hier gestanden, das ist doch sehr sympathisch!"

Florian lachte, lachte so, wie Elisa sich das gewünscht hatte. Die Aufregung fiel langsam in sich zusammen.

„Also, verabreden wir ein Treffen?" Er schien direkt aufs Ziel zuzusteuern. Geradlinig, das hatte sie sich auch gewünscht.

„Gern", entgegnete sie schnell. „Ich wohne in der Siedlung Haselwald. Gut ausgeschildert. Damit die Chaoten wie ich sie auch finden!" Elisa lachte, und Florian stimmte ein. „Und dort Fichtenweg 13."

„Haselwald oder Hasenwald?", vergewisserte er sich.

„Haselwald. Die Hasen sind in der Hasenheide, die Haseln im Wald, also die Haselbüsche. Obwohl, die gibt es hier gar nicht, glaube ich."

„Ob es in der Hasenheide denn Hasen gibt?", überlegte er.

„Ach, bestimmt. Da ist noch echt viel Grün, da finden die Futter und Unterschlupf."

„Was Haseln ja nicht brauchen."

„Ne, die brauchen eher gute Luft. Was es in der Hasenheide auch gibt."

„Meinst du? Haselwald hört sich aber auch nach frischer Luft an. Oder ist da kein Wald mehr?"

„Doch, mindestens so viel Wald wie Heide in der Hasenheide. Das passt schon."

„Oder wie Hasen in der Hasenheide!"

„Ja, aber eben nicht wie Haseln in Haselwald."

Er lachte und sie stimmte ein. Humor hatte sie sich auch gewünscht. Ach, war das herrlich.

Sie fragte: „Samstag, gegen drei? Passt das?"

„Na klar. Das passt bestens. Wie die Hasel in den Wald." Wieder lachten sie beide, ausgelassen wie die Kinder. „Oder wie die Hasen in die Heide." Jetzt konnten sie sich kaum mehr bremsen. Beide. Es war alles so vielversprechend, begann tatsächlich so harmonisch, wie das Flirtportal *berlin-partner-finden.net* es versprochen hatte. Ihr Herz hüpfte.

„Dann ... dann bis Samstag, ja? Ich mache Käsekuchen!"

„Mein Lieblingskuchen!"

„Weiß ich ja!"

Sie alberten noch ein bisschen herum, probierten noch ein paar Kombinationen von Hasen und Haseln, Wald und Heide, dann legten sie auf. Elisa schrieb sich eine Einkaufsliste.

*

Der Samstag kam. Florian duschte ausgiebig, legte behutsam Aftershave auf, gelte die Haare ein wenig. So, wie sie es mochte, wie sie es ihm geschrieben hatte. Elisa mit den langen braunen Haaren. Elisa, die E-lai-sa genannt werden wollte, wie Eliza Doolittle, das Blumenmädchen. Seine Fair Lady. Elisa in der Haselheide. Oder Hasenwald? Nein, es ging ja um die Büsche. Die es nicht mehr gab oder so. Florian wohnte noch nicht lange in Berlin und studierte erst einmal den Stadtplan. Da war sie: die Hasenheide. Doch Hasen? Nicht Hasel? Er schüttelte verwirrt den

Kopf. Elisa, die Chaosqueen, so hatte sie sich selbst bezeichnet. So viel Ehrlichkeit fand er bezaubernd. Er wanderte mit dem Finger die Straßen des Stadtplans entlang. Da, die Fichtenstraße! Das war wirklich gut zu erreichen. Er zog ein grünes Hemd an, weil das Elisas Lieblingsfarbe war, und stieg fröhlich pfeifend in sein Auto.

Die Beschilderung war wirklich nicht übel, fand er, und sehr hilfreich, denn bis zum Navigationsgerät hatte es für ihn noch nicht gereicht. Hasenheide. Fichtenstraße. Da – die 13. Nanu, das war ein Café, hatte sie eventuell 30 gesagt? Er war immer stolz auf sein gutes Gedächtnis gewesen, aber am Telefon verhörte man sich ja schon mal. Langsam fuhr er die ziemlich kurze Straße entlang, aber sie endete ohne die Nummer 30. Also doch 13, hatte er sich nicht verhört. Prima. Er wendete und fuhr zurück zu dem kleinen Café. Nett sah es ja aus, das musste man zugeben. Aber sie hatte nichts von einem Café erzählt. Beruflich „probiere sie noch herum", seine Chaosqueen, hatte sie zugegeben. Was soll's. Vielleicht wollte sie ihn überraschen. Er liebte Überraschungen. Und das Café machte die Aussicht auf Käsekuchen nur charmanter.

Er parkte das Auto und überquerte die Straße. Da trat sie aus der Glastür und stellte ein Schild auf mit irgendeinem Sonderangebot. Er aber sah nur sie. Die Haare waren hochgesteckt und dunkler als auf dem Foto. Darin trug sie ein Stoffband mit Schmetterlingen, dessen Enden ihr über den Rücken fielen. Die langen Beine steckten in hellen Jeans, die Füße in weißen Sandalen, aus denen die lackierten Zehennägel frech herauslugten. Als sie sich aufrichtete, trafen sich ihre Blicke. Wow.

„E-E-l-lai-sa", stammelte er, „ich bin Florian."

„Hi", antwortete sie freundlich. „Miss Doolittles Blumenladen ist aber dort drüben. Bei mir gibt's Leckereien. Darf's was sein? Kaffee? Kuchen?"

Er nickte, sprachlos. Sie hielt ihm die Tür auf, und er folgte ihr.

Tagträume

Heike ließ ihren Rucksack auf den Boden gleiten und setzte sich mit einem Seufzer auf die Küchenbank. Da war sie, die ganze Truppe. Hier, auf der Vereinshütte. Für ein verlängertes Wochenende. Spaß war geplant, Spiele, Wandern, Entspannen, abwechselnd Kochen, alle hatten Ideen mitgebracht. Die Stimmung war ausgelassen, erwartungsvoll.

Ilka, Simone, Babsi, Anna. Robert, Stefan, Charly. Und Andi.

Anna und Robert stritten sich gerade um die professionelle Bestückung des Kühlschranks. Bier oben, Fleisch unten. Einen Mordsspaß hatten die beiden daran. Ob da was lief oder besser, was anfing? Heike seufzte noch einmal. Sehnsüchtig und so laut, dass Babsi, die selbst ernannte Mutter der Truppe, aufmerksam wurde.

„Geht's dir nicht gut, Heike?"

Heike lächelte sie an. „Klar doch, bestens. Freu mich einfach, dass wir hier sind. Mal raus aus allem."

Babsi lächelte zurück, mit dieser Herzlichkeit, die nur sie drauf hatte. „Ja, und wir zusammen. Das wird prima." Sie packte die Kiste mit den Handtüchern und verschwand.

Andi und Ilka schleppten zwei Getränkekisten an. „Wohin?"

Heike stand auf und wies sie ein. Wie unabsichtlich kam sie dabei ganz nah an Andi heran, streifte sogar seinen Arm, als sie auf das Regal in der Nische wies.

Ilka sagte: „Lass uns immer ein paar Wasserflaschen auch im Kühlschrank haben. Es könnte heiß werden."

Andi lächelte, lächelte dieses wunderbare Andi-Lächeln, und zog ein paar Flaschen aus einer der Kisten, während Ilka ihm die Kühlschranktür aufhielt.

„Vielleicht stellen wir die zweite Kiste auf den oberen Flur?", warf Heike ein, „falls jemand nachts Durst hat?"

Andi schaute unschlüssig auf die Kisten und auf die beiden Mädchen.

„Quatsch", sagte Ilka resolut, „wir sind jung und fit. Wer nachts Durst hat, kann runter kommen. Alles, was wir heute raufschleppen, müssen wir Montag wieder runterschleppen."

„Aber leer", meinte Heike, was Ilka schon nicht mehr hörte, denn sie zog Andi zur Tür hinaus. Der drehte sich kurz zu Heike um und zog die Schultern hoch, machte eine entschuldigende Geste, lächelte sie an.

Heike lächelte zurück, froh. Dann beschloss sie, erst einmal oben ihr Zimmer zu beziehen. Die anderen Mädchen hatten die ersten beiden Doppelzimmer schon belegt, und so nahm sie zufrieden das dritte. Ihr Nachbarbett würde leer bleiben, oder vielleicht …

„Heike?" Das war Stefans Stimme. Sie beugte sich über das Treppengeländer und sah in sein Gesicht, in seine aufmerksamen Augen.

„Du kennst dich doch hier am besten aus. Wie ist das mit dem Grill?"

Sie sprang die Treppe hinunter. „Warte, ich kümmere mich! Wo ist Andi?"

„Draußen bei den Autos", antwortete Stefan zögernd, „aber, hör mal …"

Heike war schon draußen. „Andi, ich brauche dich jetzt. Kommst du?"

Andi drehte sich sofort zu ihr um, und kurz darauf waren sie miteinander beim Herrichten der Feuerstelle, eng beieinander, die Hände streiften sich, manche Blicke auch, es war verheißungsvoll, fand Heike, auch wenn sich das Gespräch nur um die Feuerstelle drehte. Sie war selig. Wenn er dieses Wochenende nicht nutzte, dann wusste sie auch nicht mehr weiter.

Als sie zu guter Letzt in die Küche kamen, dreckig, zufrieden und guter Laune, war Simone beim Brotschneiden, und Anna und Babsi machten viel zu viele Salate.

Andi lachte. „Wer soll das alles essen?"

„Du. Wer arbeitet, muss essen", das war Ilka, die ihm einen freundschaftlichen Rippenstoß gab und dann die Besteckschublade aufzog. „Hmm, ordentliche Steakmesser gibt's hier nicht, oder?"

„Nur normales Besteck, Allzwecksachen", antwortete Heike und suchte Andis Blick. Der inspizierte kurz die Besteckschublade und meinte nur: „Das kriegen wir hin."

Stefan trat zu Heike und sagte: „Fleisch ist im Kühlschrank. Robert und Charly sind losgezogen und kümmern sich um das Holz. Was gibt es denn noch zu tun?"

Ilka drehte sich um und musterte Heike kritisch. „Duschen?" fragte sie dann.

Andi breitete seine Hände aus und sagte lachend: „Die beste Idee seit langem." Er schaute Heike an und ergänzte: „Du zuerst. Ich hoffe, du hast noch ein T-Shirt dabei!"

„Klar", sagte sie und griff zärtlich nach seiner Hand. „Aber ich kann auch dir den Vortritt lassen. Oder …" – sie zögerte.

Andi schüttelte den Kopf und sagte: „Ich glaube, ich schaue zuerst noch nach allem, was wir zum Anheizen brauchen. Geh nur!"

Anheizen. Heike schaute ihn nachdenklich an. Er lächelte, dieses Andi-Lächeln, bei dem ihr die Knie zitterten, strich kurz über ihren Arm und sagte: „Mach dich schön."

Sie schwebte die Treppe hinauf.

Als sie aus der Dusche kam, standen alle anderen schon unten um den Grill beziehungsweise die Feuerstelle herum, schäkerten, lachten und gaben sich gegenseitig gute Ratschläge. Babsi richtete die Salate auf einem Campingtisch an, und Simone hielt ein Tablett mit vorbereiteten Steaks in der Hand. Stefan sah Heike als erstes und rief ihr zu: „Frisch wie der neue Morgen! Das erste Steak ist deins!"

Und er legte Fleischstücke auf den Rost.

Andi kam zu ihr, nickte ihr zu und sagte: „Prima. Dann geh jetzt ich ins Bad. Lasst mir was übrig!"

Robert nahm die Gitarre, die an der Hauswand lehnte, und spielte eine Improvisation zu dem Text „Wir haben Hunger, Hunger, Hunger" kombiniert mit „How long". Alle lachten und sangen kleine Brocken mit.

Als die ganze Truppe mit Salaten, Brot und Fleisch versorgt war, alle Platz gefunden hatten, auf Bänken oder im Gras, saß Robert neben Ilka, daneben Andi und Babsi, weiter hinten Simone und Anna zusammen an einen Baum gelehnt, Charly neben dem Grill mit einer Trommel auf den Knien und einem Teller an seiner Seite. Stefan legte sich das letzte fertige Stück Fleisch auf den Teller und hockte sich zu Heikes Füßen. Nach dem ersten Bissen strahlte er sie an und sagte: „Super, dass du uns das ermöglicht hast. Ein toller Ort, wirklich. Du bist die beste."

Heike erlaubte sich einen sehnsüchtigen Blick zu Andi, der Babsi Komplimente machte für ihre Küchentalente, dann wandte sie sich Stefan zu und lächelte ihn dankbar an. „Danke. Gern. Ach."

Stefan tätschelte ihr zärtlich das Knie. „Erst mal essen, Heike-Schatz. Dann sehen wir weiter."

Heike schmeckte nicht wirklich, was sie sich in den Mund schob. Immer wieder schaute sie zu Andi, der, wie er halt so war, mit allen Frauen ein paar Worte wechselte. Andi.

Irgendwann nahm Stefan ihr den Teller vorsichtig aus der Hand und fragte in die Runde: „Wie war das mit dem Auslosen, wer spült?"

Charly sprang auf und zog einen kleinen zerknitterten Stapel Spielkarten aus seiner Hosentasche. „Hier. Wer ein Bild zieht, spült."

Ilka lachte. „Merkt euch alle die Eselsohren. Da kann man gut mogeln!"

Stefan meinte: „Wer schon gespült hat, zieht einfach nicht mehr. Bis alle durch sind."

Charly hielt ihm die Karten hin, dann den anderen. Das Los traf Stefan und Heike. Er sprang sofort auf, offensichtlich bester Laune. Sie warf noch einen letzten sehnsüchtigen Blick auf Andi, dann sammelte sie die Schüsseln ein und folgte Stefan, der schon Teller und Besteck hineintrug.

Schweigend ließ sie heißes Wasser ins Becken und schaute durch das offene Fenster auf die anderen.

„Spülmaschine wär nicht blöd", meinte Anna draußen.

Simone ergänzte: „Dann müssten wir nur noch ums Ein- und Ausräumen losen."

„Das will aber auch keiner", warf Andi ein, und als Babsi sagte: „Ach Kinder, ich spül euch nachher die Gläser außer der Reihe, das geht schnell, da müssen wir nicht schon wieder losen", da lachten alle und erzählten einander Abspülgeschichten.

Stefan griff nach dem Spülschwamm und fragte Heike: „Ist es okay, wenn du abtrocknest und aufräumst? Du kennst dich hier ja besser aus."

Verwirrt wandte sie sich ihm zu. „Ja ... ja, sicher. Danke."

„Wofür?"

„Na, fürs Spülen."

Stefan runzelte die Stirn. „Wenn man essen kann, kann man auch spülen, oder?"

Er tauchte die ersten Teller ins Wasser und ging ans Werk. Professionell und schnell.

„Na ja", überlegte Heike, „meistens sind es ja doch die Frauen, die ..."

Stefan warf den Schwamm mit Schwung ins Wasser, dass es spritzte. „Ich dachte, du wärst emanzipiert! Du ..." Er dreht sich zu ihr um, und sie wunderte sich, dass sein Blick bei diesem kleinen, eigentlich nebensächlichen Thema so loderte.

„Was hast du denn?", fragte sie erschrocken und stellte einen Teller auf den Stapel.

Aus den Augenwinkeln nahm sie draußen eine Bewegung wahr. Andi war aufgestanden. Jetzt! Jetzt würde er hereinkommen! Sie vergaß Stefan, hörte nicht mehr zu, was er sagte, fing an zu träumen. Andi würde seine Hand nach ihr ausstrecken, und sie würde Ja sagen.

Andi streckte eine Hand aus. Eine andere griff danach, und es war Ilka, die er zu sich hoch zog. Beide miteinander verschwanden in Richtung Waldrand. Als sie schon fast nicht mehr zu sehen waren, nahm Heike noch wahr, dass Andi seinen Arm um sie legte und sie an sich drückte.

„Heike?"

Sie schrak zusammen. „Ähm ... Stefan?"

„Was sagst du? Du bist so nachdenklich! Habe ich dich so erschreckt?"

„Nein, nein", beeilte Heike sich zu sagen. Himmel, was hatte er gesagt, sie durfte doch jetzt nicht, sie musste jetzt ...

Sie holte tief Luft und wandte sich ihm zu. „Stefan."

„Ja? Sagst du ja?"

„Ja? Ja ... Sicher. Ähm ..."

Aber bevor sie fragen konnte, wozu sie denn jetzt Ja sagen sollte, hatte er sie ungestüm an sich gezogen, ihr das Trockentuch aus der Hand genommen und irgendwohin geworfen und küsste sie, heiß und intensiv. Willenlos, mit schwachen Knien, Andi im Kopf, Tränen hinter den Augen, ließ sie es geschehen.

Herr und Frau Schmitz

Als der Wecker klingelte, rührte Thomas sich erst einmal gar nicht. Julia streckte seufzend den Arm aus und stellte das Geräusch ab, berührte sanft die Wange des Mannes und murmelte: „Du solltest aufstehen."

Jetzt streckte er sich, stöhnte ein wenig, kratzte sich am Kopf und richtete sich langsam auf. Er schaute zu Julia hinüber und lächelte, noch etwas schief, aber sie nahm es dankbar als Morgengruß zur Kenntnis und lächelte zurück. Dann verschwand er in Richtung Dusche. Sie wickelte sich in ihren Bademantel und ging in die Küche.

„Nur einen Kaffee", sagte er, wie immer sonntags, als er angezogen in der Küche erschien. Sie stellte ihnen beiden die Tassen hin und setzte sich ihm gegenüber. Er hatte das Amtsblatt mitgebracht und blätterte darin, während er seinen Kaffee in kleinen Schlucken trank.

„Thomas?"

„Hmm."

„Thomas." Das klang energischer, er schaute auf und lächelte sie an.

„Du hast ja Recht, diese Lektüre ist nichts im Vergleich zu deinem Anblick."

Sie schüttelte den Kopf und sagte: „Was ist eigentlich, wenn ich jetzt schwanger werde?"

Er runzelte die Stirn. „Meinst du, das kann passieren?"

Sie stieß ein Geräusch aus zwischen Lachen und Stöhnen. „Ich denke nicht, dass ich dich aufklären muss, oder?"

„Aber wir, ähm, verhüten doch. Gewissermaßen."

„Das ist es ja gerade. Das ‚gewissermaßen'. Du weißt, dass das die unsicherste Methode ist."

„Und du weißt, dass es die einzige ist ...", er brach ab und presste die Lippen zusammen.

„Dann sag, was wir tun, wenn ich jetzt schwanger werde. Was dann möglich ist. Nach deinen Regeln."

Er schaute gequält im Zimmer umher, dann auf die Küchenuhr und sprang auf. „Ich muss."

Julia biss sich auf die Lippe und räumte den Tisch ab. Dann ging sie selbst ins Bad.

Als die Kirchenglocken die letzten fünf Minuten vor Beginn der Heiligen Messe einläuteten, nahm sie ihre Jacke und ging auch hinüber, setzte sich, wie üblich, bescheiden in eine der hinteren Reihen. Ein paar Gemeindemitglieder bemerkten sie und nickten ihr freundlich zu. Die Pfarrhaushälterin und Helferin in vielen Angelegenheiten war allgemein anerkannt und gern gesehen.

Vorn im Altarraum zog Thomas ein, im grüngoldenen Messgewand, flankiert von zwei Ministranten. Der Gottesdienst nahm seinen üblichen Verlauf, und sie konnte ihren Gedanken nachhängen. Was wäre, wenn …

Thomas predigte über die Wundererzählung aus dem Evangelium dieses Sonntags. Ein Wunder, das wäre nicht schlecht. Julia reihte sich mit den anderen ein, um vorn vor dem Altar die Heilige Kommunion zu empfangen. Den Leib Jesu, des Mannes, der Maria von Magdala verstanden und geliebt hatte.

Nach dem Auszug des Priesters verließ auch sie langsam die Kirche. Wieder grüßten sie einige. Frau Kempfert, die Leiterin des Seniorenkreises, kam auf sie zu.

„Frau Schmitz, nächste Woche ist doch der Vortrag zum Thema Barrierefreiheit. Könnten Sie Herrn Pfarrer Schmitz bitte fragen, ob er zum Begrüßen vorbeikommt?" Sie schmunzelte. „Jeder Pfarrer sollte eine Schwester haben, die ihm zur Seite steht, so wie Sie. Es ist für alle ein Segen, Sie zu haben."

Julia zwang ihre Mundwinkel in die Stellung eines Lächelns.

„Nicht alle Priester haben eine Schwester, schon gar nicht eine, die keinen eigenen Lebensentwurf hat", sagte sie leise.

„Umso besser, dass Sie für ihn sorgen", antwortete Frau Kempfert resolut. „Gott segne Sie!"

Frau Kempfert drückte Julias Hand und ging davon. Julia steckte den Schlüssel in die Tür zum Pfarrhaus. Neben dem Klingelschild hatte eine Spinne ein Netz gewoben, das jetzt in der Sonne glitzerte. Sie strich es sanft weg. „Pfarramt Büro – Wohnung Pfarrer Schmitz – Wohnung Julia Schmitz" – stand dort übereinander. Gut, dass Schmitz so ein Allerweltsname ist, dachte Julia und ging hinein.

(Der Titel und somit die Namen der Protagonisten sind dem Film „Mr. & Mrs. Smith" von 2005 (Regie Doug Liman) entlehnt, die (auch) ein Doppelleben führen, wenn auch ganz anderer Art.)

Durch die Karrierebrille

Mike schwenkte seinen Cocktail und ließ die Blicke durch den Raum schweifen. Den Kollegen, bei denen er stand, hörte er schon nicht mehr richtig zu. Wenn jemand den Blick oder ein Wort an ihn richtete, nickte er oder wiegte zweifelnd den Kopf, das passte meistens; wenn die anderen lachten, lachte er mit. Heute interessierte ihn der Firmenklatsch nicht. Dort am Panoramafenster stand Judith, seine Judith, die tollste Frau, die er je getroffen hatte, ja, die er sich überhaupt vorstellen konnte. Sie war in Small Talk mit Dr. Allmendinger vertieft, dem allmächtigen Chef und Gastgeber. Judith würde das hinkriegen, da war er sicher, wenn irgendjemand ihm seine Karriere bei „Allmächtinger" bahnen konnte, dann sie. Keiner konnte ihrem Lachen widerstehen, keiner.

Er war erst seit ein paar Monaten mit ihr zusammen, und das war die absolut beste Zeit seines Lebens. Vorher war sie mit Peter Löns zusammen gewesen – weiß der Geier, was sie an dem gefunden hatte. Der Langweiler hatte eine Frau wie Judith gar nicht verdient. Mike hatte es eine halbe Ewigkeit gekostet, Judith auf sich aufmerksam zu machen. Er hatte sie wiederholt eingeladen, in die angesagten Clubs oder in wirklich gute Restaurants, aber sie war nur einmal mitgegangen, hatte liebenswürdig geplaudert, hinreißend getanzt, und das war es dann auch schon gewesen. Mike hatte geschmachtet und sich das Hirn zermartert, wie er sie herumkriegen könnte, aber erst der neue BMW-Sportwagen hatte ihr Interesse gefunden. Sehr kundige Fragen hatte sie gestellt, offenbar verstand sie etwas von schnellen Autos. Er hatte sie auf eine Spritztour eingeladen, zum See. Das war ein toller Tag gewesen. Auf der Rückfahrt hatte er behutsam seine Hand auf ihren Oberschenkel gelegt, und sie hatte es geschehen lassen.

Nach dieser Fahrt war sie ihm noch eine Weile aus dem Weg gegangen, was ihn nur noch kribbeliger gemacht hatte. Dann, eines Tages, hatte sie plötzlich abends vor seinem Wagen gestanden und gefragt: „Nimmst du mich mit?"

Natürlich hatte er sie einsteigen lassen. Sie saß schweigend neben ihm, und erst nach zehn Minuten Herzklopfen fiel ihm auf, dass er gar nicht gefragt hatte, wohin sie denn wolle. Egal, hatte er gedacht, jetzt aufs Ganze. Er war zu seiner Wohnung gefahren, immer betend, dass er vor lauter Aufregung keinen Unfall baute, und sie hatte noch immer geschwiegen. Vor der Garageneinfahrt hatte er angehalten und sie angeschaut. Mit düsterem Blick hatte sie gesagt: „Mit Peter ist ... nichts mehr."

Da war er in die Garage gefahren, dann mit Judith zusammen im Aufzug in den vierten Stock, und dann, dann endlich, in der Geborgenheit seiner kleinen Wohnung, da konnte er seine Finger nicht mehr von ihr lassen. Und so begann sie, die beste Zeit seines Lebens.

Es war nicht so ganz einfach mit ihr. In der Firma ging sie ihm sorgfältig aus dem Weg, um Arbeit und Privates zu trennen, wie sie erklärte. Auch sonst hatte sie oft keine Zeit für ihn, aber das hielt seine Liebe und sein Begehren in Schwung. Als die heutige Party beim Chef angekündigt wurde, fragte er sie, ob sie mit ihm hingehen würde, denn das wäre ein geeigneter Moment, ihre Beziehung auch in der Firma quasi offiziell zu machen.

„Judith, ich liebe dich. Ich möchte aller Welt zeigen, dass ich dich liebe. Dass du zu mir gehörst. Dass wir zusammen gehören. Verstehst du das nicht?"

Sie hatte gelacht, ihr unwiderstehliches perlendes Lachen.

„Mike, mein Süßer, das weiß ich doch. Aber schau, du bist der IT-Fachmann, einer der wichtigsten Mitarbeiter, meinst du denn, dass ich da nicht eher ein Karrierehindernis bin? Ich mache doch bloß ein bisschen Beschwerdemanagement. Eine Beziehung mit mir zieht dich doch nur runter. Und du willst doch aufsteigen!"

„Runter?? Du bist die schönste und charmanteste Frau der Firma, ach, was sage ich: der Welt! Jeder wird mich um dich beneiden, jeder! Und was Wichtigkeit angeht, da sieht der Chef außer sich selbst doch ohnehin niemanden."

Wieder lachte sie, aber nur ein klein wenig, und er spürte, dass da noch etwas anderes war.

„Judith, bitte begleite mich auf diese Party. Ganz offiziell."

„Ach, weißt du, Mike, da ist ja auch noch Peter. Ich meine, wenn er uns zusammen sieht, da wird er ganz schön sauer sein. Das wiederum wird das Betriebsklima belasten. Und das willst du doch auch nicht, oder?"

Peter – den hatte Mike komplett vergessen. Da hatte sie natürlich Recht. Sie war eben nicht nur schön, sondern auch klug. Und das bewies sie erneut mit ihren nächsten Sätzen.

„Pass auf, Mike, ich gehe einfach allein hin, und dann kann ich mich mal um den guten Allmächtinger kümmern. Ihm mal behutsam stecken, was er an dir hat. Und wir zwei sehen uns trotzdem. Was hältst du davon?"

Sie fuhr ihm mit der Rechten zärtlich durch die Haare und berührte mit der linken seine Wange. Er fing ihre Hand ein, küsste sie, und die Szene ging weiter wie die meisten Szenen mit ihr.

Daran dachte er gerade mit einem wohligen Schauer, als er sie mit Allmendinger lachen sah. Der Chef sagte etwas zu ihr, sein Gesicht schon ziemlich nah an dem ihren, und ging dann davon. Mike merkte, dass er den Atem anhielt. Judith schlenderte durch den Raum und fing Mikes Blick auf. Nur ganz kurz zwinkerte sie ihm zu, dann sprach sie eine junge Kollegin an, die bewundernd zu der schönen Judith aufschaute. Mike war wieder beruhigt und bat den Kollegen neben ihm, seine Frage zu wiederholen. Für ein paar Minuten war er konzentriert bei dem Thema Urlaubsvertretungen und Urlaubsplanung, was aber seine Gedanken unweigerlich wieder zu Judith brachte. Unter dem Vorwand, sich noch ein Getränk holen zu wollen, verließ er seine Gesprächsrunde.

Er sah sie nirgends, auch Allmendinger nicht. Peter Löns war gar nicht gekommen. Mike holte sich ein Wasser, da er das Gefühl hatte, einen klaren Kopf zu brauchen. Vielleicht sprach

Allmendinger ihn bald darauf an, die Abteilung zu übernehmen, vielleicht heute noch? Er war berühmt dafür, dass er seine Partys auch zur Personalrekrutierung benutzte. Allmächtinger trennte durchaus nicht Privates und Berufliches.

Wo zum Teufel war in diesem Designerbungalow das Klo? Das Haus war ganz neu, und dies war die erste Firmenparty hier. Mike öffnete ein paar Türen und stand plötzlich in einem dämmrigen Wintergarten. Als er Allmendingers Stimme hörte, atmete er auf, wenigstens der musste ja wissen, wo er den Abtritt eingebaut hatte. Er schob sich an einer Palme vorbei und erstarrte mitten in der Bewegung. Das war Judiths Lachen, ganz eindeutig. Das kleine Lachen, nicht das perlende. Judith und Allmächtinger? Der sagte gerade: „Warum so bedrückt, schöne Frau? Kann ich Ihnen helfen?"

„Ach, Herr Doktor Allmendinger. Sie sind ein Gentleman und ein großartiger Gastgeber, aber …"

„Aber? Nur ein Wort, Judith, und ich lege Ihnen die Welt zu Füßen. Oder – gibt es da einen anderen?"

„Mit dem ist … nichts mehr." Ach ja? Mike spürte, wie ihm das Blut in den Kopf stieg.

„Dann … dann …" Mike bekam die Fortsetzung nicht mit, denn er hörte ein Geräusch und fuhr herum. Peter Löns stand hinter ihm, totenbleich, mit weit aufgerissenen Augen. Die beiden starrten sich an, dann schob Mike Peter auf den Gang und schloss behutsam die Wintergartentür. Peter schien noch immer wie erstarrt, flüsterte nur: „Der also, der also …". Mike ahnte plötzlich die Zusammenhänge, und sie gefielen ihm gar nicht. Er schob Peter weiter, durch den Gang in die Garderobe. Dort waren sie allein.

„Hat sie mit dir Schluss gemacht?", fragte er. Peter schaute ihn entgeistert an.

„Hat sie??"

Peter schüttelte den Kopf.

Mike holte tief Luft und schloss die Augen. Dann klopfte er Peter auf die Schulter und ließ ihn stehen. Was nun? Die volle Blase hinderte ihn am klaren Denken.

Er ging zurück in den Wintergarten und lauschte kurz. Nur leises Stöhnen war zu hören. Er tastete sich langsam von Palme zu Kaktus, bis er die beiden hinter einer Bananenstaude sah, Allmächtingers Mund an Judiths Hals, seine Hand unter ihrem Minirock. Judith hatte die Augen geschlossen, ihr Gesichtsausdruck war undurchsichtig, fast gelangweilt, sicher nicht leidenschaftlich. Hatte sie so auch ausgesehen, wenn sie in Mikes Armen lag? Verdammt, die Blase drückte, und nicht nur sie.

Mit einem Ruck zog Mike den Reißverschluss an seiner Hose auf. Durch das Geräusch erschreckt, fuhren die beiden ineinander verschlungenen Personen auseinander. Mike tat so, als hätte er sie nicht bemerkt und erleichterte sich in die Erde der Bananenstaude. Dann drehte er sich um und hob eine Augenbraue, als er das verdatterte Paar sah.

„Verzeihung", sagte Mike trocken. „Dies schien mir der Abtritt zu sein."

Taxi zum Bahnhof

Die Tür des Taxis wurde aufgerissen, und eine Frau ließ sich auf den Beifahrersitz fallen. Sie holte tief und hörbar Luft und fuhr sich durch die Haare. Milan schaute sie an und wartete darauf, dass sie ein Fahrtziel nannte.

„Worauf warten Sie denn? Fahren Sie los!", rief sie, und in ihrer Stimme war Panik.

Er ließ den Motor an und lenkte auf die Straße. „Sagen Sie mir noch, wohin es gehen soll?"

„Ach ...", sagte sie verwirrt, „äh, ja. Weg. Nur weg, verdammt. Er hat einmal zu viel ..."

„Sie müssen es zahlen", erwiderte er, „ich fahre auch gern ziellos herum, aber das könnte teuer werden."

„Ja ... ja, wohl am ehesten zum Bahnhof, denke ich. Keine Angst, das Geld wird reichen. Und eine Scheckkarte habe ich auch noch."

Milan bog ab in Richtung Bahnhof und beobachtete die Frau aus den Augenwinkeln. Sie hatte den Kopf angelehnt und hielt die Augen geschlossen. Die braunen Haare waren wirr, die Wimperntusche leicht verschmiert, als ob sie geweint hätte. Sie war etwa Mitte dreißig, sah gut aus, schlank, trug Jeans, Bluse und nichts darüber. In der Hand einen kleinen Rucksack, der nicht besonders voll aussah.

„Es wird bald regnen", sagte Milan.

Die Frau öffnete die Augen und sah ihn an, als ob sie ihn vollständig vergessen hätte.

„Ja, und?"

„Haben Sie einen Schirm, oder einen Mantel?"

Sie sah an sich herunter und schüttelte den Kopf. Schloss die Augen wieder. Milan richtete den Blick wieder auf die Straße und bremste sehr plötzlich, da die Ampel vor ihm rot wurde. Die Frau wurde nach vorn geworfen. Instinktiv streckte er die Hand aus und hielt sie an der Schulter.

„Entschuldigung", sagte er, „bitte schließen Sie den Sicherheitsgurt."

Die Frau reagierte nicht. Sie hatte sich wieder angelehnt.

Milan warf noch einen Blick auf die Ampel und griff dann an ihr vorbei, tastete nach dem Gurt und zog ihn heraus. Er zog wohl etwas zu schnell, denn der Gurt stoppte, und beim Versuch, ihn wieder zu lockern, streifte er die Brust der Frau. Sie öffnete die Augen und warf ihm einen Blick zu. Vorsichtig zog er weiter, nah an ihrem Körper vorbei, den Blick auf die Verkehrsampel gerichtet. Als der Gurt einrastete, schaltete das Signal auf Grün. Das Taxi fuhr weiter.

Als Milan wieder zu der Frau hinübersah, traf sein Blick den ihren.

„Entschuldigung", sagte er wieder, „ich wollte ihnen nicht zu nahe kommen, aber so ist es sicherer."

„Wie heißen Sie? Darf ich das fragen?", kam ihre Stimme ganz leise.

„Milan", antwortete er, „und Sie?"

„Annette. Zwei n, zwei t. Blöder Name, klingt immer so, als ob ich nett sei, und mein ganzes Leben lang habe ich versucht, nett zu sein. Was für ein…", sie verstummte.

Das Taxi hielt an. Die Frau schaute sich um, als ob sie nicht wüsste, wo sie sei.

„Bahnhof", sagte Milan sanft. Sie schaute ihn traurig an und fragte leise: „Können Sie das noch mal machen?"

Milan war verwirrt. „Was machen?", fragte er.

„Das mit dem Gurt. So – so über meinen – meinen Körper, mit der Hand", sie brach ab und schluckte hart. „Es klingt doof, und wahrscheinlich ist es eher peinlich, aber ich weiß nicht mehr, wann ein Mann mich so zärtlich berührt hat." Sie wischte sich über die Augen.

Milan starrte eine Weile aus dem Fenster. Die ersten Regentropfen fielen. Er hörte sie seufzen und wandte sich ihr langsam wieder zu. Den Blick auf ihren Schoß gerichtet, fuhr er behutsam mit dem Finger den Gurt über ihrem Körper entlang, dann zurück, aber diesmal neben dem Gurt. Als er ihre Brust berührte, atmete sie tief ein. Noch immer konnte er sie nicht ansehen, und in seinem Kopf stand der Gedanke: „Was tue ich hier? Das ist eine Kundin!"

Er spürte, wie sie ihre Hand auf die seine legte. Da schaute er ihr in die Augen und fragte mit heiserer Stimme: „Du hast nichts vor?"

Sie schüttelte den Kopf. Milan zog seine Hand zurück, schaltete die Uhr aus und meldet sich bei der Taxizentrale ab. Dann lenkte er den Wagen zurück in den Verkehr und fuhr um den Bahnhof herum zu einem tristen Wohnblock. Dort stellte er das Taxi in eine Parkbucht und schaute Annette noch einmal prüfend an. Sie erwiderte den Blick, erwartungsvoll, wie ihm schien. Er löste ihren Sicherheitsgurt und ließ ihn über ihren Körper zurückgleiten. Sie lächelte.

Milan stieg aus, sie tat es ihm nach und folgte ihm in seine kleine, unaufgeräumte Wohnung im dritten Stock. Er schaltete nur eine schwache Tischlampe an und warf ihr einen letzten prüfenden Blick zu. Wieder lächelte sie und stellte ihren Rucksack auf den Boden. Da zog er sie endgültig in seine Arme.

Der nächste Tag begann ebenso grau und regnerisch, wie der vorige geendet hatte. Als Milan erwachte, sah er Annette angezogen am Fenster stehen. Sie musste sehr leise ins Bad geschlüpft sein oder er sehr tief geschlafen haben. Er verließ das Bett, ging zu ihr und legte seine Arme um sie, zog ihren Rücken an seinen Bauch, atmete den Duft ihrer Haare.

„Danke", sagte sie leise, „das war ein guter Anfang."

„Anfang?", fragte er.

„Ja, für den nächsten Abschnitt meines Lebens. Fährst du mich jetzt zum Bahnhof, bitte? Und – ich muss ja auch irgendwie deinen Verdienstausfall zahlen, ja?"

Milan sagte, immer noch das Gesicht in ihrem Haar: „Ich nehme kein Geld von dir."

„Unfug", erwiderte sie zärtlich. „Das ist dein Job, natürlich nimmst du Geld."

„Für die Fahrt, meinetwegen. Nicht für das heute Nacht, das ist nämlich nicht mein Job."

Sie drehte sich um und schaute ihn prüfend an. Beide lächelten, komplizenhaft. Dann nickte er und verschwand im Bad.

Spur des Lebens

Anne war verwirrt. Das Leben wurde ständig verwirrender, fand sie. Allein schon all die neuen Wörter, wo es doch auch alte gab. Immer musste man sich neu orientieren. Und wo war jetzt ihr Schlüsselbund?

Sie zog alle Schubladen auf, sortierte ein paar Dinge um, schloss sie wieder.

„Annchen, kommst du?", rief Kurt von unten.

Seufzend nahm sie ihre Strickjacke und ging hinunter, wo Kurt im Flur stand.

„Ich wünschte, du würdest mir sagen, wohin wir gehen", meinte sie auf der letzten Treppenstufe. Er griff nach ihrer Hand, entzog ihr sanft die Strickjacke und hielt ihr die Kostümjacke auf.

„Zu Erichs Geburtstag", sagte er, während sie in die Jackenärmel schlüpfte.

Anne hielt erschrocken inne. „Aber wir haben doch gar kein Geschenk!"

Kurt wies auf die festlich verpackte Schachtel, die auf dem Garderobentischchen wartete. „Alles vorbereitet, mein Liebes."

Anne seufzte noch einmal, griff nach ihrer Handtasche, hob den Schlüsselbund vom Haken und ließ ihn hineinfallen. Kurt schaute ihr geduldig zu und hielt ihr dann die Haustür auf.

„Habe ich die Blumen gegossen?", fragte sie nachdenklich.

„Heute Morgen", antwortete er und schob sie zur Tür hinaus. Nachdem Frau und Geschenk sicher im Auto verstaut waren, nahm er hinter dem Lenkrad Platz. Anne öffnete die Beifahrertür.

„Was ist denn?", fragte Kurt.

„Mein Schlüssel, ich habe meinen Schlüssel vergessen!"

„Nein, Liebes, den hast du in die Handtasche getan. Schau nach."

Er griff über sie hinweg und schloss die Beifahrertür wieder. Vorsichtshalber ließ er die Zentralverriegelung einrasten. Ein prüfender Blick zeigte ihm, dass ihr Sicherheitsgurt geschlossen war. Dann startete er den Wagen.

„Wohin fahren wir noch mal?", fragte Anne mit Stirnrunzeln.

„Zu Erichs Geburtstag."

„Ach ja." Sie lachte verlegen. „Er wird ja 70."

„Genau."

„Und Emmy wird sicher auch da sein."

„Vermute ich. Zugesagt hat sie."

Anne schwieg und lächelte.

Vor Erichs Haus angekommen, stiegen sie aus. Wie immer bewunderte Anne erst einmal die Rosen im Vorgarten. Dann fragte sie: „Kurt, habe ich die Blumen gegossen?"

„Aber ja. Heute Morgen." Er schob sie zur Haustür.

Die meisten Gäste waren schon da, und man begrüßte einander mit viel Hallo. Emmy, Annes Freundin seit Schulzeiten, zog diese bald auf das kleine blaue Sofa in der Ecke und tauschte mit ihr Erinnerungen aus. Immer wieder kicherten sie wie die Schulmädchen.

Anne lebte sichtlich auf, bemerkte Kurt, wenn er zu ihr hinübersah. Wie gut ihr das tat, wie gut Emmy ihr tat. Er entspannte sich und widmete sich dem Gespräch mit den Freunden.

Irgendwann kam Emmy zu dem Terrassentisch, an dem Kurt mit dem Jubilar saß, und fragte: „Sag mal, die Anne ist jetzt schon so lange auf der Toilette – sollten wir vielleicht mal nachsehen?"

Kurt sprang auf, blieb aber gelassen und tätschelte Emmys Arm. „Schon gut, du weißt, manchmal geht das ... nicht so, wie man möchte – ich schaue mal nach ihr."

Er ging zur Gästetoilette, die aber leer war. Etwas ratlos schaute er sich um, als er über sich Schritte auf der Treppe vernahm.

„Ach, Kurt, da bist du ja. Es ist so verwirrend. Das Bad ist einfach auf der falschen Seite. Ich muss mich immer erst orientieren."

„Aber jetzt hast du alles gefunden?"

„Ja. Aber weißt du, wo mein Schlüsselbund ist?"

„In deiner Handtasche, Annchen. Und die steht unten neben dem blauen Sofa."

„Ach ja." Anne hakte sich erleichtert bei ihm ein, um zu den anderen zurückzukehren. Beide setzten sich zum Gastgeber auf die Terrasse.

„Eure Rosen", sagte Anne zu Erich, „die sind die allerschönsten, die ich kenne."

Erich bedankte sich für das Kompliment und bot noch eine Runde Getränke an. Kurt nahm Kräuterlikör für sich und Anne, die aber abwehrte: „Oh nein, so was trinke ich doch nicht!"

Erich schüttelte verwundert den Kopf. „Aber das ist doch Waldeslust, das ist doch immer dein Lieblingslikör gewesen!"

Kurt nahm Annes Hand. „Geschmack kann sich ändern, weißt du!", sagte er halb zu Erich, halb zu Anne. Da kam Barbara, Erichs Frau, aus dem Wohnzimmer, und Anne fragte sie: „Könnte ich vielleicht einen Tee haben?"

„Sicher, gleich", antwortete Barbara etwas zerstreut und beugte sich zu ihrem Mann. Leise fragte sie: „Hast du eine Ahnung, wieso die Gießkanne auf unserem Schlafzimmerteppich steht?"

Kurt hörte den Satz nur in Bruchstücken, konnte sich den Rest aber zusammenreimen. Er leerte sein Likörglas und stand auf. „Wisst ihr was, es ist schon so spät, ich glaube, den Tee trinken wir lieber daheim. Was, Anne?"

„Ja, sicher." Anne stand gehorsam auf. „Und ich muss ja auch noch die Blumen gießen."

Während Anne Emmy und Barbara zum Abschied umarmte, holte Kurt ihre Handtasche und drückte sie ihr in die Hand. Winkend gingen sie zum Auto. Anne hatte den Türgriff schon in der Hand, als sie ihn wieder losließ und sich zurückdrehte zum Haus.

„Was ist, Liebes?"

„Mein Schlüssel, ich habe meinen Schlüssel vergessen!"

„Annchen, schau in deiner Tasche nach."

Anne öffnete ihre Handtasche und schaute ein paar Augenblicke stirnrunzelnd hinein. Nacheinander hob sie Geldbörse, Taschentuch und Schlüssel heraus und ließ sie wieder hineinfallen.

„Können wir dann fahren?", fragte Kurt behutsam.

„Ja, ja, sicher. Ich muss ja auch noch die Blumen gießen."

Anne stieg ins Auto und legte den Sicherheitsgurt an.

Vierter Teil: Zwischen den Türen

Ich lebe in der Stadt, in einer Etagenwohnung. Stets habe ich die berüchtigte Anonymität der Großstadt nicht nur nicht gescheut, sondern regelrecht genossen. Wenn es nach mir geht, bleibt das auch so für den Rest meines Lebens.

Allerdings lebt man eng aufeinander in der Stadt, in Wohnblöcken, mit Balkonnachbarschaften, die man zwar nicht unbedingt sieht, aber hört und nicht ganz aus dem eigenen Leben heraushalten kann. Es ist eng, aber es ist zumindest Leben, es ist unruhig, aber es ist zumindest keine Grabesstille zu spüren. Von einigen der Merkwürdigkeiten dieses Lebens möchte ich erzählen, von Kuriositäten, Siegen und Kapitulationen, Arrangements und Fluchten. Klar artet das mitunter in Besserwisserei aus. Und ich gebe auch zu, manchmal gehöre ich selbst zu den „anderen", über die ich in diversen Situationen den Kopf schüttele – also nehmen Sie die Menschen und Taten in diesen Geschichten als austauschbar. Die Grenzen verschwimmen. Sie müssen auch nicht alles glauben, liebe Leserin und lieber Leser – aber Sie dürfen. In der Annahme oder auch Hoffnung, dass Sie einiges davon wiedererkennen. Und dass Sie nach mancherlei Ärger genau wie ich denken: Ich lebe gern in der Stadt.

Nur Fernsehen ist schöner

Meine Kindheit verbrachte ich in einer Doppelhaushälfte auf der „richtigen" Straßenseite, denn gegenüber standen Häuserblöcke einer Wohnungsbaugenossenschaft, also für die Hausbesitzer meiner Elterngeneration eindeutig gesellschaftlich niedriger angesiedelte Mitbürger. Was uns Kinder aber nicht daran hinderte, straßenübergreifend miteinander zu spielen, und einige (wenige) ausgewählte Familien der „anderen" Seite waren sogar akzeptierte Besucher in unserem Garten.

Viel wichtiger an diesen Bewohnern der anderen Seite war aber, dass praktisch jede Familie eine Geschichte hatte, die man erzählen, beobachten, fortführen konnte. Dafür war sich die bessere Straßenseite nicht zu gut. Und mitunter fallen mir einige dieser Geschichten, die für meine Eltern und Großeltern eine Art „Daily Soap" darstellten, wieder ein. Ich verbürge mich dafür, dass die Dinge, die ich hier kommentarlos und aus dem Gedächtnis zitiere, tatsächlich erzählt wurden, Namen natürlich frei erfunden. Bei den behandelten Themen bitte ich zu beachten, dass einige dieser Gedankengänge der Welt der 60er Jahre geschuldet sind …

- Guck mal, bei Elfrichs ist ja immer noch Licht! Ich denke, der muss so früh raus?

- Am Sonntag Fenster putzen! Der jungen Baumann ist auch nichts heilig.

- Herr Kolbe hat jetzt ein Auto. Der gibt vielleicht damit an! Wenn er morgens zur Arbeit fährt, hört man so viele Autotüren klappen, als ob sieben Leute einsteigen. Damit es auch alle in der Straße hören. Jedes Mal werde ich wach. Jedes einzelne Mal!

- Die Birke von drüben streut ihre Samen immer ausgerechnet in unseren Vorgarten. Kann man da gar nichts machen? Ist denn da keiner zuständig?

- Jeden Samstag wäscht der sein Auto! Da schwimmt die Straße! Unangenehm, so was. Ist das wirklich nötig? Aber die Fenster bei denen sehen aus ... Ich glaube, die werden nicht mal einmal im Monat geputzt.
- Ich glaube, die Kröger hat wieder ihren Freund da. Die sitzen und sitzen – trinken die? Der ist übrigens so oft da, der ist schon fast bei ihr eingezogen. Ein richtiges Bratkartoffelverhältnis. Und die sind doch schon weit über vierzig!
- Den alten Vater von Rankes sieht man gar nicht mehr, ob der noch lebt?
- Die Jungs von Eberts unten sind auch jedes Wochenende unterwegs. Na ja, wenn der Alte besoffen nach Hause kommt, kann er sie wenigstens nicht schlagen. Kriegt eben seine Frau alles ab.
- Guck mal, die Jüngste von Frau Brink ist auch wieder mal da. Jetzt hat sie schon drei Kinder, und alles Jungs. Und nie sieht man einen Mann dazu. Jeden Sommer kommt sie auf ein paar Wochen, die Oma hütet die Kinder, und sie – was die dann wohl macht?
- Kellers haben schon wieder ein Kind. Ist das jetzt das siebte oder achte? Wie die Karnickel. Wie die das machen in der kleinen Wohnung, das ist mir ein Rätsel. Die Kinder schlafen wohl alle zu zweit in einem Bett, mindestens! Das hab ich von Frau Wöhner, und die hat es von der alten Stratmann, und die wohnt ja direkt neben Kellers. Die muss alles mit anhören. Manchmal, sagt Frau Wöhner, kann die Stratmann nachts gar nicht schlafen, wegen der Geräusche.
- Du, ich glaub, Schulzens haben jetzt auch einen Fernseher. Ich sehe das Geflimmer durchs Fenster.
- Mensch, die Lippert hängt den ganzen Tag im Fenster. Den gan – zen Tag! Was hat die bloß davon?

Blendende Sicht

Meine neuen Nachbarn zur Linken, ein Ehepaar in den Vierzigern, halten gern mal ein Schwätzchen im Treppenhaus oder Hof. Sie sind freundlich und offen, und daher weiß ich nun, warum sie hierher gezogen sind.

Ursprünglich hatten sie eine perfekt geschnittene Wohnung in einem alten, aber gepflegten Wohnviertel. Super renoviert, gutes Preisleistungsverhältnis. Zwei Jahre haben sie dort gewohnt, aber mehr und mehr haben sie vermisst, keinen Garten zu haben. Dann sind sie auf ein Schnäppchen in einem noch im Bau befindlichen Wohnblock gestoßen: Erdgeschosswohnung mit Gartenanteil. Klar, dass sie zugegriffen haben. Die Wohnung mit dem riesigen Wohnzimmer und der offenen Küche war zwar gegenüber der bisherigen ein wenig gewöhnungsbedürftig, aber der Garten schlug alles.

Als sie dann endlich eingezogen waren, mussten sie feststellen, dass die Nachbarn zur Rechten ihr Gärtchen nicht pflegten, was unkontrollierte Ausbreitung von Unkraut zur Folge hatte, und links gleich um die Hausecke herum war der Müllraum. Bei jedem Öffnen oder Schließen der Türen dort hörte und roch man das. Als die Nachbarn rechts dann zur Vollpflasterung übergingen, um Gartenfeste feiern zu können, war das Maß voll.

Zum Glück fanden sie diese gutgeschnittene Wohnung im ersten Stock eines dieser luftigen dreistöckigen Stadtrandhäuser, der Balkon groß wie eine Terrasse, mit elegantem leichtem Gitterwerk, so dass der Ausblick auf den Grünstreifen gegenüber ungetrübt war. Auch der zum Nachbarbalkon. Fast herrschte ein Gartengefühl, so offen war alles. Zum Glück verstand man sich mit den Nachbarn, fand sich beim sommerlichen Grillen Seite an Seite, reichte sich Dips und Salate über die Abtrennung. Beim Heimkommen von der Arbeit blickte man gern an der schönen Fassade hoch und winkte einander schon mal zu. In der Freizeit lag man auf Liegestühlen und hob die Beine auch schon mal auf die Brüstung zur besseren Bräunung.

Als zum wiederholten Mal ein vorbei eilender Radfahrer einen anerkennenden Pfiff ertönen ließ, wurde meiner jetzigen Nachbarin bewusst, dass die Menschen unten ihre Beine bis zum – Höschen sahen, und ein vorsichtiger Blick zum Nachbarbalkon und zurück zur eigenen Figur bestätigte, dass auch die Orangenhautansätze nicht so privat blieben, wie es wünschenswert gewesen wäre.

Es gibt Lösungen für alles. Eine Bastmatte als Sichtschutz wurde an der Gitterbrüstung befestigt. Leider empfanden die Nachbarn das als Eingriff in die Ästhetik der Fassade, und es drohte die Kündigung, falls das Objekt des Anstoßes nicht entfernt würde.

Nun war man schon vierzig, nun wollte man endlich etwas von Dauer. Ohne Probleme, mit ein wenig Komfort, und bitte mit viel Privatsphäre.

So waren sie dann auf unseren Wohnblock gestoßen. Einigermaßen komfortabel, einigermaßen bezahlbar. Die Balkone nicht so tief, aber lang und mit kompletten Sichtblenden zu den Nebenwohnungen sowie mit blickdichten Brüstungen. Und, wie sie mir begeistert erklärten, nachdem schon andere Parteien ihren Balkon voll verglast und damit zur wettersicheren Loggia gemacht hatten, war wohl auch das möglich, was die Wohnung perfekt machte.

Bildungsreisen

Auch Menschen in Etagenwohnungen sind nicht ungebildet – und von Zeit zu Zeit erfasst den einen oder die andere ein Bildungshunger, der sich am besten auf Reisen stillen lässt. Anbieter solcher Reisen gibt es genug und Ziele noch mehr. Also macht man sich auf und erkundet in einer bunt zusammengewürfelten Gruppe Kulturgüter dieser Welt.

Gruppenreisen kommen nicht ohne Gruppenkommunikation aus, daher lässt es sich nicht umgehen, die Mitreisenden bei so mancher Mahlzeit besser kennenzulernen. Da sind sie dann, die kultivierten Menschen unserer Zeit, und jedes Mal stellt sich bei mir das Gefühl ein, dass ich nicht zu ihnen gehöre. Denn ich habe weder ihre Prioritäten noch ihre Probleme, auch eher selten ihre Gesprächsthemen, und wenn, dann völlig andere Meinungen, Meinungen, die nur Unverständnis erzeugen, bis hin zum höflich-vorsichtigen Ignorieren meiner Person.

Ich sehe es ja ein. Ich kenne die falschen Leute, wohne in der falschen Gegend, habe keinen Garten, weswegen ich nicht über Obstbäume diskutieren kann und auch nicht über meinen italienischen Gartengehilfen klagen, der immer die falschen Büsche zurückschneidet und lieber den Rasen mäht als das zu tun, was ich ihm angeschafft habe. Beim Thema Bewegungsmelder – es gibt sie jetzt mit sich steigerndem Hundegebell – höre ich nur zu. Auch kann ich den Wohlstand der Bürger eines Landes beim besten Willen nicht am Quadratmeterpreis von Neubauten messen. Ebenso serviere ich meinen Gästen nicht die angesagten Getränke in den angesagten Gefäßen und koche schon gar nicht nach Jamie Oliver, so dass auch das kein Thema ist, in das man jemanden wie mich einbeziehen könnte. Noch viel schlimmer: Ich koche am liebsten nach meinem eigenen Geschmack und Bauchgefühl, völlig rezeptfrei, kann also nicht einmal etwas empfehlen. Über Lebensmittelzusatzstoffe sind sie nebenbei bestens informiert, nehmen selbst natürlich nur Naturbelassenes, denn „Leute wie wir" informieren sich ja. Informieren sich im

Übrigen umfassend, immer und jederzeit, im Auslandsurlaub auch, im Hotelzimmer werden als erstes deutsche Fernsehsender gesucht. Eine Schande übrigens, dass das nicht flächendeckend möglich ist, nicht einmal in den besten Hotels.

Gottseidank gibt es ja noch die Gesprächsthemen, die direkt mit der Reise zu tun haben. Leider entpuppen auch die sich als schlüpfriges Parkett, denn die verächtliche Kritik am Essen von gestern, das zum Zeitpunkt seines Verzehrs noch von allen laut gelobt wurde, kann ich nicht nachvollziehen, kann nur schnell noch die Frage hinunterschlucken, warum die Herrschaften am Vortag des Lobes voll waren. Und die Bauten, die wir gesehen haben? Mich interessiert mehr die Geschichte derselben als die Frage, warum denn kein Geld zur Restaurierung da ist. Dann die „Aldifizierung" auch der französischen Gesellschaft – tja, wenn dort keiner einkaufen würde, gingen die Super-Billig-Märkte vermutlich auch wieder ein. In Deutschland wie anderswo. Aber sie existieren und füllen die Stadtränder mit „architektonischen Scheußlichkeiten". (Alle Gänsefüßchen sind Zitate meiner Reisegefährten.)

Ein Highlight beim Abendessen ist das Thema, dass es jetzt Espressomaschinen gibt, die man im Auto am Zigarettenanzünder anschließen kann (ich habe übrigens auch kein Auto, wozu auch, wenn die U-Bahn vor meinem Haus hält). Genial. Sofort kaufen. Am besten bei jenem Internethändler, der nach antiken wilden Reiterinnen benannt ist, mit Büchern angefangen hat und jetzt alles anbietet. Lieferfrist garantiert ein Tag. Wie er das schafft, meinen meine Mitreisenden, wie er diese kurzen Lieferzeiten einhalten kann, das sei ihnen ein Rätsel.

Das wiederum wundert mich. Ich nur mäßig informierter Mensch würde hier gern einwerfen, dass diese Firma sich erhält mit unsozialen Arbeitsbedingungen (worüber das Fernsehen oft genug berichtet) und architektonischen Scheußlichkeiten (dito). Aber ich möchte mir die entsetzten Blicke (die dann mir, nicht der Firma, gelten würden) der umfassend Informierten sparen.

Hilfe

In der Wohnung unter uns stand ein Mieterwechsel an, und zufällig hüteten wir den Wohnungszweitschlüssel. Daher stand an dem Tag, an dem die neue Familie einziehen sollte, eine junge Frau atemlos vor unserer Tür, ein kleiner Junge schüchtern hinter ihr, und sagte: „Entschuldigen Sie bitte, ich bin Maja, die Freundin der neuen Mieterin von unten. Ich soll herzliche Grüße ausrichten – ihre Tochter hat sich den Arm gebrochen, und nun ist sie mit dem Mädchen noch im Krankenhaus, und wir Freunde machen derweil den Umzug. Die Spedition ist schon da. Könnte ich dann bitte den Schlüssel haben?"

Der kleine Junge hinter ihr war der Sohn der neuen Mieterin, den kannte ich schon. Ich gab der Frau den Schlüssel und bot an, auszuhelfen, wenn irgendetwas vonnöten sein sollte. Dankbar zog sie ab.

Etwa zwei Stunden später ging ich mit einer Thermoskanne Tee nach unten, um mal nachzuschauen, und stolperte unerwartet in einen erbitterten Streit. Die Mieterin war noch immer nicht da, der Junge stand mit großen Augen im Flur, beobachtete abwechselnd die Spediteure, die dort ein Regal montierten, und zwei Frauen, die in der Küchentür mit roten Köpfen aufeinander einredeten, laut, scharf.

„Wir können die ganzen Kisten doch hier nicht so stehen lassen!"

„Warum nicht? Carolyn weiß doch am besten, was sie wo eingepackt hat."

„Aber wenn sie heimkommt mit Lea, soll sie doch eine Wohnung vorfinden und kein Lager!"

„Tut sie ja! Die Schränke stehen nach Plan, was willst du mehr!"

„Einräumen! Das ist doch ganz einfach! Oder hast du keine Lust mehr?"

„Darum geht es doch gar nicht. Wenn jetzt wir einräumen, dann findet Carolyn garantiert nichts mehr. Dann hat sie zwar eine Wohnung, ist aber mehr als fremd darin. Was hilft ihr das?"

„Quatsch. Jede Küche sieht gleich aus. Besteck in die Schublade, Töpfe in die unteren Schränke, Teller nach oben. Und dann Wäsche in die Kommode, Kleider an die Stange. Mach doch nicht so ein Aufhebens!"

„Jede Küche sieht gleich aus, so ein Blödsinn! Ich jedenfalls habe mein ganz eigenes System, und Carolyn vermutlich auch."

„Hach, meinst wohl, du kennst sie besser? Sie wird sich schön für Freundinnen bedanken, die ihr nicht mal die Kisten auspacken können!"

„Wir lassen die Kisten zu, Punkt. Ich habe die Schlüssel, mir hat sie den Umzug anvertraut!"

Vorsichtig bot ich den Streithennen Tee an, und Maja, die Schlüsselabholerin, nahm das auch dankbar an. Die andere schnaubte ein bisschen, dann machte sie sich mit einem Staubtuch über die schon aufgebauten Möbel her. Ich strich dem Jungen leicht über die Wange und ging wieder nach oben, vor meinem inneren Auge meine neue Nachbarin, Carolyn, wie ich jetzt wusste, wie sie verzweifelt in einem Kistenstapel frische Wäsche für ihre weinende Tochter sucht.

Eine Woche später klingelte Carolyn. „Danke fürs Schlüsselhüten. Würden Sie ihn wieder nehmen, so für den Notfall?", fragte sie.

„Sicher", antwortete ich. „Und – schon eingelebt? Umzug gut verlaufen, trotz Notfall mit Ihrer Tochter?"

„Ja, gottseidank." Sie lachte. „Wissen Sie, meine Freundin Susanne war drauf und dran, mir alle Schränke nach ihrem Geschmack einzuräumen, sie hat sich sogar bei mir entschuldigt, dass das nicht passiert ist. Die Maja hat das verhindert. Gottseidank, kann ich Ihnen sagen! Ich wäre ja Weihnachten noch nicht fertig gewesen mit Suchen und Umräumen! Jetzt ist alles gut, gottseidank, oder besser: Maja sei Dank."

Party

Vor einigen Jahren klingelte es, und vor der Wohnungstür stand ein junger Mann, der mich gewinnend anstrahlte.

„Mein Name ist Jürgen Feldmann", stellte er sich vor, „und ich interessiere mich für die Wohnung neben Ihrer. Da wollte ich mich einfach mal mit den potenziellen Nachbarn bekannt machen."

Er war groß, blond und hatte Charme, und wir kamen ins Plaudern. Wenige Wochen später war er eingezogen. Single, gut aussehend. Manchmal, wenn ich morgens zur U-Bahn ging, sah ich ihn mit einer jungen Frau, ebenfalls immer eine gut aussehende, wenn auch nicht immer dieselbe. Aber immer sahen er und seine Begleiterin sich tief und glücklich in die Augen. Er hatte eben Charme.

Oft nahm ich Pakete für ihn entgegen, da ich viel daheim arbeitete und er beruflich viel unterwegs war. Jedes Mal bedankte er sich herzlich, und irgendwann brachte er eine Dose mit Schokoladentäfelchen, für unsere ganze Familie, als kleine Anerkennung. Er hatte unbestritten Charme. Wenn man sich im Aufzug traf, war es mühelos, ein wenig zu plaudern. Er brachte immer etwas Sonne in den Tag.

Eines Sommerabends klingelte es unentwegt an der Nachbarwohnung. Offensichtlich empfing er Gäste. Man hörte auch Lachen und Gespräche auf dem Balkon, roch Gegrilltes. Später dann moderne Tanzmusik; nie werde ich sein Lieblingslied vergessen: „Ah – ah – ah – corazon espinado, ah – ah – ah, you left a thorn in my heart …" – wie oft es in dieser Nacht lief, habe ich nicht gezählt. Eigentlich liebe ich Latin-Rhythmen, aber in dieser Nacht habe ich eher den Dorn im Herzen gespürt.

Das Haus war in punkto Dämmung nicht für diese Art von Partys gebaut. Wir, unmittelbar in der Nebenwohnung, konnten jedenfalls nicht schlafen. In den anderen Stockwerken gab es auch Unmut, wie später herauskam. Gegen eins in der Nacht klingelte ich Sturm an seiner Wohnung – aber entweder war die

Musik sogar dafür zu laut, oder er hatte die Klingel abgestellt. Jedenfalls reagierte niemand.

Auch eine solche Nacht geht zu Ende; unsere Kinder gingen am nächsten Tag etwas müde zur Schule, was sich aber kaum von Tagen unterschied, die auf ihre eigenen Unternehmungen folgten. Am Wochenende dann fanden alle Mitbewohner des Hauses ein Briefchen in ihren Briefkästen. Darin schrieb Herr Feldmann: „Ich bitte alle Nachbarn um Entschuldigung, dass es wohl doch ein wenig zu laut geworden ist, als ich meinen Geburtstag gefeiert habe. Es soll so bald nicht wieder vorkommen. Übrigens – nächstes Jahr werde ich 30!"

Wir wappneten uns. Aber den runden Geburtstag feierte er auswärts, was wir ihm hoch anrechneten. Noch einige Jahre blieb er uns erhalten, dann fand er Sabine. Die war groß, blond, charmant, und sie war die Ursache, dass er seine Wohnung komplett renovierte. Wir hielten auch das aus. Dann zog sie bei ihm ein, bis die beiden dann heirateten und miteinander wegzogen. Er war wohl in der bürgerlichen Mitte angekommen. Aber seinen Charme, den vermisse ich mitunter.

Gartenlust

So angenehm es ist, die Wohnungstür zu schließen und sich um den Rest von Haus und Grundstück nicht kümmern zu müssen – den einen oder die andere Etagenbewohnerin befällt doch mitunter die Lust am großräumigeren „Garteln". Wenn das zu oft passiert, muss Abhilfe bzw. Erfüllung geschaffen werden. Da gibt es, je nach Finanz- und Familiensituation, zwei geeignete Alternativen: Kleingartenverein und Friedhof.

Wer sich nach Rasenmähen oder eigener Gemüsezucht sehnt, wird zum Kleingarten tendieren, aber wenn es nur um die Nähe zu Mutter Erde geht, ist die kleinere und überschaubarere Parzelle auf dem Friedhof eine durchaus attraktive Alternative, vor allem, wenn sie ohnehin schon im Familienbesitz ist.

Beide Lösungsmöglichkeiten haben viel gemeinsam und passen durchaus in das Lebens- und Gewohnheitsgefühl des Etagenbewohners. Zunächst einmal gibt es in diesen beiden Freiluftetablissements genau wie im Wohnhaus eine Ordnung, die regelt, wer was wann und wie laut oder leise machen darf. Auch ist durch die Tatsache, dass man spätestens mit Einbruch der Dunkelheit in den Schutz der Etage zurückkehrt, eine wohlabgewogene Abgrenzung der Arbeit geschaffen. Gerätschaften gehören aufgeräumt, darüber muss man weder nachdenken noch diskutieren. Im Winter herrscht Ruhe, da genügen gelegentliche Inspektionen, die man mit gebotener Andacht absolviert.

Dann ist da noch die – von daheim wohlvertraute – unmittelbare Nähe zum Nachbarn, die mitunter erfordert, dass Grenzstreitigkeiten ausdiskutiert werden müssen. Wird eine solche Situation zu unangenehm, gibt es Ausweichmöglichkeiten: Rückzug in das zur Vereinsparzelle gehörige Häuschen beziehungsweise Verweis auf die Ruhe, die man dem Hauptbesitzer der Friedhofsparzelle schuldig zu sein meint.

Das Wichtigste aber ist die schon angedeutete Nähe zur Erde, die Unmittelbarkeit des Pflanzens, Jätens, Auflockerns, Blätter und Unrat Absammelns, des Müllfüllens und Gießens, des Hegens und Pflegens der Blüten, Beseitigen der verblühten solchen, wohltuend in Einklang mit der sportlichen Betätigung des Bückens und Aufrichtens, Niederkniens und Aufstehens, Knie und Hände Abklopfens.

So sieht der ideale Samstagnachmittag aus: Je nach Jahreszeit karrt man die richtigen Geräte an, stellt sie bereit und betrachtet zuerst einmal die Lage, in leicht gespreiztem Stand, die Hände locker rechts und links, jeweils etwa sieben Zentimeter von den Hüften entfernt. Gern auch in schmiegsamen Gummihandschuhen. Dann packt man an, reißt Pflanzen aus, vor allem Unkraut, sammelt welke Blätter und Blüten, befüllt damit die bereit gestellten Säcke. Danach ist es wichtig, einen Schritt zurückzutreten, das Terrain zu betrachten, in leicht gespreiztem Stand, die Hände locker rechts und links, jeweils etwa sieben Zentimeter von den Hüften entfernt, die Finger sanft aneinander reibend, um Erdkrumen zu entfernen.

Der nächste Schritt ist dann der wichtigste: Neues muss gesetzt, Triebe hochgebunden und ausgerichtet, Erde teils festgeklopft, teils gelockert werden, zuletzt sauber geharkt. In regelmäßigen Abständen, jeweils nach Fertigstellung eines Pflanzabschnitts, tritt man einen oder zwei Schritte zurück, betrachtet die Parzelle, in leicht gespreiztem Stand, die Hände locker rechts und links, jeweils etwa sieben Zentimeter von den Hüften entfernt, die Finger sanft aneinander reibend, um Erdkrumen zu entfernen. So vergeht wieder einmal ein erfüllter Nachmittag, den man gern beendet mit einer stillen Viertelstunde auf der Gartenbank, wobei der Friedhof den Vorteil hat, dass man sich um die Bank nicht selbst kümmern muss, der Kleingarten wiederum zusätzlich die Möglichkeit bietet, einen Liegestuhl aufzustellen. Jedoch diese Nachspielvarianten sind zweitrangig, denn das Eigentliche, das Erfüllende, der Genuss, hat bereits stattgefunden.

Fünfter Teil: Zwischen den Kulturen

Kulturen fließen zusammen – so lautet die Antwort des bulgarischen Autors Ilija Trojanow auf Samuel Huntingtons Proklamation des „Clash of Civilizations".

Schafft eine Kultur sich ab, indem sie Menschen einer anderen aufnimmt? Oder sind nicht vielmehr, so sieht es jedenfalls Trojanow, alle heutigen Kulturen aus vielen anderen erst entstanden?

Und – lösen Kulturen einander nicht auch ab? Denken wir an das, was Diktatoren ihre Völker zu denken gelehrt haben, was die Menschen nach dem Ende einer Diktatur, mitunter mühsam, neu begreifen lernen müssen. Geht das überhaupt?

Wie so oft ist das nicht konkret zu beantworten, liegt die Wahrheit zwischen diesen Fragen und auch zwischen den oben genannten Antworten – und zwar vor allem deshalb, weil (wir) Menschen nichts lieber tun, als uns abzugrenzen. Das Eigene zu vergöttern, das Andere zu verteufeln. Dies ist ein Thema, das mich oft und sehr beschäftigt, und wie es so ist, wenn einem ein Thema sehr nahe geht: Man hat nicht unbedingt die notwendige Distanz, um darüber runde Geschichten zu schreiben.

Aber ein paar sind es doch geworden.

Die guten alten Zeiten

Da bist du ja endlich! Ich habe schon so gewartet. Du könntest mich ruhig öfter besuchen. Also früher hat die Familie einfach besser zusammengehalten. Da hat man sich umeinander gekümmert, weißt du! Und nicht nur die Familie, auch die Nachbarn haben sich gekümmert. Da hat man sich ausgeholfen, wenn es nötig war. Es war nicht alles schlecht damals, das kannst du mir glauben. Gerade weil die Zeiten nicht so waren, wie man sie sich gewünscht hat, gab es diesen Zusammenhalt.

Kannst du dich erinnern, die Pascheks? Von denen habe ich dir doch schon oft erzählt. Die haben damals bei uns gegenüber gewohnt. Dein Vater und ich haben mit deren Kindern gespielt, mit der Maria und dem Karel. Der Karel war so alt wie ich, und der hat mir auch in der Schule später noch bei Mathe geholfen. Bis sie dann weg sind. Das war ja eigentlich auch ganz gut, dass die weg sind, denn dein Vater, der hatte mit 16, 17 doch ein Auge auf die Maria geworfen. War ja auch tatsächlich ein hübsches Ding als junges Mädchen, mit diesen dunklen Glutaugen. Aber so eine heiratet man schließlich nicht, also war es ganz gut, dass das beendet wurde. Aber als sie noch gegenüber gewohnt haben, da hat man gute Nachbarschaft gehalten.

Auch die Altmanns. Die waren ja so reich, denen gehörte doch das große Kaufhaus am Berliner Platz, aber sie hatten kein Problem damit, dass ihre Töchter gern mit mir gespielt haben. Ich war oft bei denen zu Hause, und die hatten jede Menge Spielsachen, das gab es bei uns ja gar nicht. Man hatte damals nicht viel, nicht so wie ihr heute. Aber man war ja auch viel bescheidener. Aber die Altmann-Mädchen, alle Achtung. Das war herrlich, bei denen zu spielen. Später waren die dann ja auch plötzlich weg, du weißt schon. Wie alle. Na ja. Das hatte schon seine Richtigkeit, das musste schon so sein. Sie waren ja auch irgendwie komisch. Zum Beispiel samstags, wenn man endlich mal Zeit hatte, Freunde zu besuchen, dann waren die nie dabei. Samstag war Familientag bei denen. Nur bei denen, mit allen anderen Freunden konnte man spielen.

Aber es gab ja dann auch den Bund. Da kamen wir gleichaltrigen Mädel zusammen, und es war immer gemütlich. Wir haben gesungen zusammen, die schönen alten Lieder, die ihr heute alle nicht mehr kennt, und im Sommer Ausflüge gemacht und Lagerfeuer. Das war für mich ideal, denn meine zwei großen Brüder waren es manchmal so leid, dass ich immer an ihnen hing. Da war unsere Mutter froh, dass ich dorthin gehen konnte. Das war auch so eine Einrichtung, in der man zusammengehalten hat. Und in die auch nicht jedes Mädel durfte. Da waren nicht mal Cora oder Sofie Altmann, so wichtig und reich deren Eltern auch waren. Man war schon wie eine richtige Familie dort. Zu schade, dass es so was heute nicht mehr gibt.

Im Bund waren zum Beispiel auch Grete und Else Brinkmann, obwohl deren Vater doch arbeitslos war. Da ging es nicht um Geld, da ging es einfach nur darum, dass wir Mädel es schön hatten. Man wusste ja auch nicht genau, warum der Vater keine Arbeit fand, du weißt ja, irgendeinen Grund gibt es immer. Es sind nicht nur die schlechten Zeiten, wenn einer nie und nie eine Arbeit findet. Aber auch da hat damals die Regierung drauf geachtet. Dass die Leute, die arbeiten konnten, es auch getan haben. Arbeitsscheu, das gab es nicht. Das hat nicht zu uns gepasst. Und ich sage dir was: Das war gut so. Das war richtig so.

Was, du musst schon gehen?

Flucht

Mein Name ist Yusuf, und ich habe Glück gehabt.

Ich komme aus Syrien, oder genau genommen aus dem Libanon. Das heißt, geboren bin ich in Jenin, das ist in Palästina. Das Land Palästina gibt es eigentlich gar nicht, also irgendwie doch, aber dann doch wieder nicht. Jedenfalls sind meine Eltern Palästinenser, und deshalb bin ich es auch. Und meine kleinen Geschwister auch.

Jenin ist nicht richtig eine Stadt, eher ein Lager, und mein Vater wollte raus aus Jenin. Seine Familie war da, alles, was er kannte, was er liebte, aber es war so ausweglos, so chancenlos, dort zu leben. Und er hat es geschafft. Er hat meine Mutter und mich in den Libanon gebracht, dort hat er es bis zum Ingenieur geschafft. Meine Geschwister sind dort geboren, und alles war gut.

Aber meine Mutter wurde sehr krank, und mein Bruder auch. Es war schwierig für uns damals, obwohl ich das gar nicht richtig verstanden habe, ich war ja noch ein Kind. Kein Geld für Behandlungen, Mutter hätte womöglich sterben müssen, mein Bruder auch. Vater hat nicht aufgegeben, und er hat eine Möglichkeit gefunden, in Syrien, und deshalb sind wir dorthin gezogen. Vater hatte gute Arbeit, und es gab gute Ärzte. Mein Bruder wurde wieder gesund. Meine Mutter nicht ganz, aber es ging.

Und dann gingen die Kämpfe los. Es gab Krieg in Syrien, nicht Krieg gegen ein anderes Land, einfach Krieg. Mit Bomben und Angst.

Eine Weile ging es noch für uns, aber Vater verlor seine Arbeit, wir mussten umziehen, mussten in ein Lager. Ein Lager wie Jenin, nur voller. Wir waren keine Syrer, wir waren Palästinenser, das wurde uns klar gemacht, und das Leben war ungefähr so schwierig wie in Palästina. An Schule war bald nicht mehr zu denken. Ich fand das zuerst gar nicht übel, es blieb mehr Zeit zum Fußballspielen, aber dann war es auch aus mit dem Fußballspielen.

Bomben zerstörten die Häuser, auch unser Haus. Auch meine kleine Schwester.

Wir zogen weiter, zusammen mit anderen Familien in ein anderes Haus, irgendwie ging es. Bomben gab es immer, es hörte nicht auf. Mutter ging es wieder schlechter, und ich vermisste sogar die Schule.

Vater versuchte, ein neues Zuhause für uns zu finden, eine neue Arbeit, aber es gelang ihm nicht.

Irgendwann lernte er Leute kennen, die mit Lastwagen nach Europa durchkommen wollten. Sie versteckten gegen Geld Menschen unter der Fracht und versprachen, sie in ein friedliches Land zu bringen. Vater schickte mich und meinen Bruder mit. Mutter weinte, und wir hatten große Angst, aber Vater meinte, es müsse so sein, es sei besser so.

Ich weiß nicht, ob meine Eltern noch leben.

Ich habe Glück gehabt. Es ging durch die Türkei, dann in immer wieder anderen Lastwagen durch viele Länder, ich weiß gar nicht alle Namen. Heute lerne ich sie in der Schule und staune, durch wie viele Staaten wir gekommen sind. Immer weiter, weiter. Wir mussten oft tagelang zu Fuß gehen, und verstecken mussten wir uns immer, ob im Lastwagen oder im Gebüsch. Manchmal auch in Scheunen oder Ställen. Hunger hatten wir auch, meistens. Aber ich habe Glück gehabt.

Auf einer schlechten Landstraße hatte der Laster, in dem wir uns gerade versteckten, eine Panne. Der Fahrer fluchte, weil er das nicht reparieren konnte. Dann scheuchte er uns davon, meinen Bruder und mich. Wir wollten nicht gehen, wir wussten ja nicht, wohin, da zog er ein Gewehr aus der Fahrerkabine und schoss. Schoss in die Luft. Mein Bruder schrie und rannte los. Rannte und lief vor einen anderen Laster. Ich habe gesehen, wie er hochgestoßen wurde, wie er fiel, wie der Laster über ihn fuhr. Ich sehe es immer noch, jede Nacht.

Ich bin gelaufen, gelaufen, gelaufen. Habe mich versteckt, Beeren und Körner gegessen, Brot gestohlen, bin gelaufen. Irgendwann war ich so müde, dass ich mich nicht mehr verstecken konnte. Ich bin einfach eingeschlafen, irgendwo.

Als ich aufgewacht bin, lag ich wieder in einem Auto, jemand saß neben mir und sprach mit mir. Ich habe kein Wort verstanden und bin wieder eingeschlafen.

Dann lag ich in einem Krankenbett. So etwas kannte ich noch von meiner Mutter, von früher. Aber die Leute in den sauberen weißen Hemden konnte ich auch nicht verstehen. Ich habe lieber wieder geschlafen, viel geschlafen.

Sie haben mich untersucht, getestet, befragt. Genau weiß ich es nicht. Es kam auch einer, der meine Sprache sprach. Aber das war mir alles ziemlich egal, ich habe mich nur gewundert, wieso ich noch lebte. Aber ich lebte tatsächlich, und ich habe Glück gehabt.

Jetzt bin ich hier in einem Haus mit vielen anderen Kindern und jungen Leuten. Ich habe auch angefangen, die Sprache zu verstehen. Es gibt wieder Schule, und viele hier sprechen unterschiedliche Sprachen, aber wir lernen. Die Sprache hier ist einfach, die Schrift noch einfacher. Es gibt auch einen Computer hier, und wer einigermaßen lesen und schreiben kann, darf ihn manchmal benutzen.

Tom, der hier arbeitet, hat mir gezeigt, wie man den Computer benutzt. Manchmal male ich. Das geht richtig gut mit dem Computer. Ich kann die Farben explodieren lassen, ganz schnell. Rot wie Blut, gelb wie Explosionen, schwarz wie Nacht. Das tut gut. Ich denke an meine Eltern, und das tut weh im Bauch, dann male ich grün wie Blätter und Oliven, und dann lasse ich Bomben explodieren. Ich sehe meinen Bruder, wie er fällt, und dann mache ich alles rot wie Blut. Und dann schwarz, Schlaf. Ich kann eine ganze Stunde lang Bomben, Explosionen und Blut machen, aber nichts macht Krach und nichts tut weh, das ist schön. Und danach kann ich schlafen.

Ich habe Glück gehabt.

Tom hat mir auch gezeigt, wie ich mit Leuten in der ganzen Welt reden kann. Na ja, nicht eigentlich reden, das habe ich nicht mehr gekonnt, seit ich meinen Bruder da auf der Straße liegen gesehen habe. Aber ich tippe Wörter ein, schicke sie zu anderen Menschen, und die antworten. Ich tippe dann:

Mein Name ist Yusuf, und ich wünsche euch so viel Glück, wie ich gehabt habe!

Meine Vergangenheit ist immer in mir. Vielleicht habe ich eine Zukunft.

Die Dose

Als mein Großvater starb, hinterließ er nicht viel, und seine Angelegenheiten waren von Kindern und Enkeln bald geregelt. Meine Mutter drückte mir danach ein abgegriffenes Metalldöschen in die Hand mit der Bemerkung: „Für dich, als Erinnerung, weil du doch seine türkischen Märchen so geliebt hast."

Ich hatte meinen Großvater nicht besonders gut gekannt und erinnerte mich nur vage an Stunden meiner Kindheit, in denen er präsent gewesen war – und da eher als Familienpatron am Tischende denn als erzählender Opa. Seine Schnupftabakdose, an die erinnerte ich mich. Regelmäßig nach dem Sonntagsessen, bei dem wir einmal im Monat zu Gast waren, wurde sie herausgezogen, eine Prise genommen, eingesogen – ich fand den Vorgang als Kind gleichermaßen fesselnd wie abstoßend, und nun hielt ich genau diese Dose in der Hand. Die Farben auf dem Deckel waren fast vollständig verschwunden, aber der in das Metall eingravierte Reiter auf seinem Pferd, das zierlich einen Vorderhuf hob, war noch zu erkennen. Er trug einen Turban.

Ali, das ist Ali, hörte ich Opas Stimme. Richtig, das Bild war plötzlich wieder da: Mein Bruder und ich untersuchen das Döschen, begutachten das Bild, und Opa erklärt es uns.

War Ali Türke? Und gab es dazu ein Märchen? Eine Nachfrage bei meinem Bruder ergab, dass er sich nicht einmal an die Dose erinnern konnte, geschweige denn an Ali oder türkische Märchen. Aber Opa habe von Pferdefuhrwerken erzählt, die es in seiner Kindheit auf dem Land noch gegeben habe, soviel konnte Georg beitragen. Das nutzte mir wenig, und so stellte ich die Dose erst einmal in ein Regal.

Dort fand ich sie Wochen später wieder, oder besser, sie fand mich, denn beim Herausziehen eines Buches fiel sie mit Gescheper auf den Boden, sprang auf, gähnte mich an und erschreckte mich, als ich mich nach ihr bückte, mit betäubendem, beißendem Geruch.

Warum stinkt Ali?

Hatte ich das gefragt, damals? Oder hatte Georg gefragt? Opa, in seinem geschnitzten Stuhl am Fenster, hatte jedenfalls daraufhin gelacht und das Döschen wieder zugeschlagen.

Ali ist Türke, sagt er, die stinken nun mal. Warum? Nun ja, schaut euch das Bild an. Sind dauernd unterwegs, meistens auf dem Pferd. Keine Zeit zum Baden. Auch nicht abends, vor dem Schlafengehen? Nicht, wenn sie unterwegs sind. Dann schlafen sie in Zelten, da gibt es keine Badezimmer.

Dieses Gespräch, solche Gespräche mussten stattgefunden haben, ich war mir ganz sicher, erinnerte mich bruchstückweise. Und Georg und ich hatten uns in ein Zelt ohne Badezimmer geträumt, uns ein Lagerfeuer ausgemalt, an dem wir mit ungewaschenen Fingern gebratene Hühnerbeine hielten. Diesen Tagtraum sah ich vor mir, als hätte er real stattgefunden. Gerade weil das etwas war, was es für uns nie gegeben hätte, war das ein Sehnsuchtsbild gewesen.

Ich sperrte den Tabakgeruch wieder ein und betrachtete einmal mehr den Reiter auf dem Deckel. Ali, sein Pferd, seinen Turban, einen Vogel am Himmel. Vogel? Khalif Storch, Opa hatte uns Khalif Storch zu lesen gegeben. Nicht vorgelesen – das alte Buch herausgesucht und uns die Abbildungen, eher düstere schwarzweiße Schnitte, gezeigt, und später hatte ich mich in die altmodischen Buchstaben hineingefunden und meinem kleinen Bruder von dem weisen Khalifen vorgelesen, der Bagdad regiert hatte. Aber *ich* hatte gelesen, ein Deutscher hatte die Geschichte geschrieben, und Bagdad war definitiv nicht türkisch, das war mir zwar als Kind nicht klar gewesen, aber Opa bestimmt.

Aus einem unerfindlichen Grund steckte ich die Dose in meine Umhängetasche, in der ich sie am nächsten Tag in der Mittagspause wieder fand. Elli, meine Kollegin, saß neben mir, als ich in der Tasche nach einem Taschentuch fahndete und dabei das Döschen ausgrub. Sie lachte.

„Du nimmst Schnupftabak?"

Ich verneinte, legte aber die Dose auf den Tisch und erklärte, mehr mir als ihr: „Das gehörte meinem Großvater, der mir türkische Märchen erzählt hat, an die ich mich nicht mehr erinnere, und das hier", ich tippte auf das Bild, „das ist Ali, und Ali stinkt". Dabei öffnete ich den Deckel.

Elli schlug ihn lachend wieder zu.

„Ich rieche es, danke", sagte sie, „aber sag mal, welche Märchen waren das denn?"

„Wenn ich das wüsste. Ich versuche mich seit Wochen zu erinnern, aber alles, was kam, war der Name Ali und der Satz ‚Türken stinken nun einmal'."

Elli wurde ernst. „Ist das so?" fragte sie leise.

„Na ja", ich suchte nach Worten, „ich meine, wenn sie reiten, also wenn sie unterwegs sind, dann wird das wohl so sein, und sie haben eben diese andere Kultur, da stört das vielleicht auch nicht. Ist ja heute noch so, sie sind eben Muslime."

Elli schwieg mit gerunzelter Stirn. Ich packte meine Dose ein und trank mein Glas leer. Da sagte sie plötzlich: „Hat dein Großvater Türken gekannt? Ich denke, in deiner Kindheit muss es ja schon ausländische Arbeitnehmer gegeben haben."

„Gastarbeiter? Sicher, jede Menge, aber gekannt – glaube ich nicht."

Sie fuhr fort: „Nenn mir zwei Türken, die du kennst und die stinken. Und zwar nicht, weil sie gerade von körperlicher Arbeit kommen oder vom Pferd, sondern einfach so, ganz allgemein."

Ich wurde verlegen. „Nicht direkt stinken, das stimmt schon, das meine ich ja gar nicht. Aber – na ja, sie sind einfach anders. So ist es doch. Sehen anders aus, benehmen sich anders, riechen anders. Das ist ja auch ganz normal. Ich denke, so hat mein Großvater das auch gemeint."

Wir schwiegen beide eine Weile und hingen unseren Gedanken nach. Da plötzlich hörte ich noch einmal Opas Stimme, wie er sagte: „Hier, die Geschichte von Ali, dem Meisterdieb. Der konnte klauen, sage ich euch, da kam niemand mit. Der konnte einem Mann die Hose vom Hintern klauen, ohne dass er es gemerkt hätte. Das können sie, die Türken. Das ist bei denen Tradition."

Hatte Opa das wirklich gesagt? Und wie ging die Geschichte gleich noch mal?

Mitten in mein Grübeln hinein hörte ich die ganz reale Stimme meiner Kollegin: „Du weißt schon, dass ich Türkin bin? Dass mein Name eigentlich Elif ist, den ihr zu Elli vereinfacht habt?"

Ich schwieg betroffen. Sie fuhr fort: „Wenn ich es recht bedenke, bin ich wohl die erste in meiner Familie, die mal auf einem Pferd gesessen hat."

Dann stand sie abrupt auf und verließ die Cafeteria.

Einmal noch

Cher ami, so habe ich dich immer gern genannt. Cher ami, darf ich eine letzte Bitte aussprechen?

Du warst mir in diesen Jahren der beste Freund, den man sich denken kann, und ich danke dir für alles. Ich werde dich nie vergessen.

Damals, als wir hier ankamen, Onkel Jamil, seine Frau und ich, war alles erst einmal sehr verwirrend. Die fremde Sprache, die fremden Gewohnheiten, die Unterkunft so voller Menschen – wobei die vielen, die in derselben Situation waren wie wir, uns eigentlich am schnellsten vertraut wurden, sprachen doch die meisten unsere Sprache. Aber dann diese ganze Bürokratie – wenn ich dich nicht getroffen hätte, mon ami, dich, der du zumindest französisch mit mir geredet hast, was ich ja schon daheim gelernt hatte, ich wäre sehr hilflos gewesen.

Sie wollten mir kein Asyl gewähren. Unwichtig die Bomben, die Angst in meiner Heimat, unwichtig, dass ich meine Eltern habe sterben gesehen, dass ich jede Nacht bei jedem Geräusch in Panik aufgewacht bin, das waren alles keine Gründe, mir Asyl zu gewähren. Du hast dann lange mit mir geredet, dir alle meine Erinnerungen erzählen lassen, so durcheinander ich das auch getan habe – und du hast dann herausgefunden, was mir einen Vorteil gewähren könnte: mein großer Bruder, der im Widerstand gekämpft hat. Nicht, weil er dabei vermutlich gestorben ist, sondern weil das Regime ja auch auf Familienangehörige der Widerstandskämpfer unerbittlich Jagd macht. Daher war ich persönlich von politischer Verfolgung betroffen, wie es heißt, und das hat mir dann erst einmal ein Bleiberecht erwirkt. Alle diese Worte habe ich lernen müssen, noch bevor ich eure Sprache richtig konnte. Ich danke es dir, dass du sie mir erklärt hast.

Onkel Jamil hat für sich keine Chance gesehen, aber er kannte hier irgendjemanden und ist, wie ihr es nennt, untergetaucht. Er war dann eines Tages einfach nicht mehr auffindbar. Tante Nur war allein und hilflos wie ich, und für sie konntest selbst du nichts tun. Ich weiß, du hast auch das versucht. An einem Mittwoch fand ich dann ihren kurzen Abschiedsbrief. Sie geht mit Gottvertrauen nach Syrien zurück, schreibt sie, sie ist zurückgegangen, als die Behörden das so verlangt haben. Ich hoffe, Gott hat sie nicht im Stich gelassen.

Ich hatte eine Chance, oh, wie sehr habe ich mich gefreut. Du und ich, wir haben das gefeiert, mit arabischem Kaffee in jenem kleinen Lokal, du erinnerst dich sicher. Der Besitzer hat uns noch gefragt, warum wir denn so froh sind, und er war es auch, der von dem Bäcker wusste, der solche wie mich ausbildet. Ich war doch erst 19, hatte nichts außer der normalen Schulbildung, brauchte und wollte dringend einen Beruf, wollte auf eigenen Füßen stehen. Bäcker – so ein wichtiges Handwerk, und noch dazu eines, das überall auf der Welt gebraucht wird! Ich habe mich bei ihm beworben, du weißt das, du hast mich begleitet. Dann habe ich das Handwerk des Bäckers gelernt, habe richtig Deutsch gelernt, habe alles gelernt, was in meinen Kopf hineinging, war so froh, so froh. War so froh, wenn ich nicht an meine Familie und an die Bomben daheim denken musste.

Es war nicht immer einfach, nicht die Sprache, nicht die Kollegen, nicht die Sitten. Und es war so eng in der Unterkunft. Ich war oft so erschöpft. Aber da war Silvia, die Kollegin, die kurz vor mir angefangen hatte, für die auch vieles neu war, weil sie aus einem anderen Teil des Landes kam. Silvia und ich, das war Freundschaft, das war ein neuer Anfang. Silvia war meine neue Familie, mein neues Leben. Zuerst waren es nur kurze Gespräche, dann waren es lange Spaziergänge, und irgendwann habe ich sie in den Arm genommen. Ganz vorsichtig haben wir angefangen, von einer Zukunft zu träumen. Es war so schön, war das Schönste, was mir hier passiert ist. Verzeih mir, mon ami, mein Freund, es war noch ein winziges bisschen schöner als die Freundschaft mit dir.

Und dann kam dieser Brief, mit dem ich sofort zu dir gekommen bin. Abschiebung. Kein ausreichender Asylgrund. Ende des Bleiberechts. Cher ami, auch du konntest nichts mehr tun. Sie hatten ihre Beweise, dass ich in meiner Heimat nicht unter persönlicher Bedrohung stand. Sie hatten ihre Beweise, und auch du konntest nichts mehr für mich tun. Und morgen früh holen sie mich ab. Lieber Freund, kannst du mir den einen Gefallen noch tun, kannst du dafür sorgen, dass sie etwas später kommen? Ich muss Silvia noch treffen, muss ihr das noch erklären, muss wenigstens Abschied nehmen, und heute kann ich sie nicht erreichen. Bitte. Nur eine Viertelstunde. Einmal noch möchte ich sie im Arm halten.

Amelé

Mein Name ist Amelé, und ich bin schwarz. Das wäre mir selbst gar nicht aufgefallen, denn ich bin es nun einmal, immer schon. Wenn ich meine Hände anschaue oder mein Gesicht im Spiegel – so bin ich. Meine Eltern dagegen, die zwei Menschen, die ich Mama und Papa nenne, seit ich sprechen kann, haben helle Haut. Ich dachte als kleines Kind, dass es das eben gibt, hellhäutige und dunkelhäutige Menschen, bunt gemischt, wie es der Zufall will. Oder besser: Ich dachte eigentlich gar nicht darüber nach. Im Kindergarten war noch ein zweites dunkelhäutiges Kind, wenn auch nicht so dunkel wie ich, und es waren Kinder mit allen möglichen Hautfarben von sehr hell bis braun dabei, was meine Vorstellung einer bunten Welt nur bestätigte. Oder besser: Ich musste immer noch nicht darüber nachdenken.

In der Schule wurde es dann schon ein wenig anders. Es gab, je weiter ich in den Klassenstufen vorankam, immer Rivalitäten zwischen einigen Kindern, oft auch zwischen Gruppen von Kindern, und mit der Zeit wurden die Gruppen mit der so genannten „Herkunft" gleichgesetzt. Da gab es die Türken, die Ossis, und es gab mich, die einzige Schwarze. Anfangs war das gut, denn ich war keinem Gruppenkonflikt ausgesetzt, da ich nicht Teil einer Gruppe war. Ich hatte Freundinnen, die hellhäutig waren, hellhäutiger als ich zumindest, und ich musste immer noch nicht viel nachdenken über diese Dinge.

Ich hatte Glück und konnte das Gymnasium besuchen. Auch da war ich die einzige Schwarze in der Klasse, aber es gab zumindest noch zwei Mitschüler, die jeweils ein schwarzes Elternteil aufwiesen. Natürlich wusste ich inzwischen über Hautfarben, Abstammung, Herkunft, ja sogar „Rasse" Bescheid, wusste, dass meine Eltern mich adoptiert hatten, weil die Mutter, die mich geboren hatte, nicht mehr lebte und der Vater unbekannt war. Ich war meinen Eltern, den einzigen Eltern, die ich kannte, dankbar für die Geborgenheit, die sie mir gaben. Das Wort „Rasse" mochte ich eher nicht, es erinnerte mich an Hunde, Katzen und

Vögel sowie an „Züchtung", was mir ganz und gar nicht gefiel. Gruppenkonflikte spielten in meinem Gymnasium weniger eine Rolle, und ich begann, die Querelen der Grundschule zu vergessen.

Bis dann der Tag kam, an dem ich mit zwei Freundinnen Freitag gegen Abend in der U-Bahn unterwegs war, nur wir drei, keine Erwachsenen. Wir hatten zu reden, zu lachen, hatten einen netten Einkaufsbummel hinter uns.

„Geht das denn auch ein bisschen leiser?", rief auf einmal eine Stimme mitten in unser Gespräch hinein. Wir blickten auf und verstummten. Die anderen Fahrgäste schauten in ihre Smartphones, Zeitungen oder ins Nichts, aber neben uns stand ein Mann im Alter unserer Eltern und sah uns mit gerunzelter Stirn an. Wir schauten zurück und wussten nicht recht, was wir tun sollten.

„Wir sind hier in Deutschland und nicht auf dem Negerbasar", setzte der Mann seine Rede fort. „Da nimmt man Rücksicht. Da schreit man nicht so herum. Hat euch das keiner beigebracht? Oder versteht ihr kein Deutsch?"

Seine Stimme wurde immer lauter. Wir schauten uns etwas hilflos um, aber keiner der anderen Fahrgäste nahm Notiz von der Szene. Meine Freundin Özlem schluckte und sagte leise: „Kommt, wir müssen aussteigen."

„Dass man auf eine anständige Frage eine anständige Antwort gibt, hat euch auch keiner beigebracht, was? Türkenpack und Negergesocks, ihr habt hier gerade noch gefehlt. Wird immer schlimmer mit euch. Haut bloß wieder ab!"

Mir wurde übel. Ich stand auf und versuchte, an dem Mann vorbeizukommen. Özlem und Maryam taten es mir nach. Aber der Mann wich nicht von der Stelle, und ohne Berührung kamen wir nicht an ihm vorbei.

„Verzeihung", sagte ich.

Er grinste. Mir wurde noch übler.

„Wir sprechen Deutsch, und wir sprechen leiser als Sie", setzte ich tapfer hinzu, obwohl mir das Herz im Halse klopfte.

„Auch noch frech werden?", fragte der Mann und schaute sich triumphierend um. Aber auch davon schien niemand Notiz zu nehmen.

Die U-Bahn fuhr jetzt in den nächsten Bahnhof ein, und eine Frau auf der Bank uns gegenüber stand auf und schob den Mann ein wenig beiseite.

„Verzeihung", sagte sie, „bitte lassen Sie mich und die Mädchen aussteigen. Dann …"

Sie vervollständigte den Satz nicht. Aber jetzt war Platz genug. Dankbar huschten wir zur Tür und stiegen hinter der Frau aus.

„Danke", sagte Maryam leise, mit Tränen in den Augen.

Die Frau schüttelte den Kopf. „So etwas sollte es gar nicht geben", antwortete sie, unwirsch, unfreundlich. „Ihn nicht, und uns andere auch nicht. So nicht, jedenfalls. Warum mischt sich keiner ein?" Noch einmal schüttelte sie den Kopf, dann ging sie schnell zur Treppe. Wir blieben stehen, warteten auf den nächsten Zug und hofften, dass so etwas nicht wieder passieren würde.

Wir standen stumm auf dem Bahnsteig, jede in ihre Gedanken versunken. Aber ich bin mir ziemlich sicher, dass wir an Ähnliches dachten. An die Gesichter der Verkäuferinnen, die uns entweder gar nicht oder sehr reduziert ansprachen („Kaufen? Bezahlen?"), an die Bedienung im Café, die drei Mal an die Nebentische ging, bis sie bei uns anhielt, und die beim Servieren der Cola sofort die Zahlung einforderte, an die Warteschlangen, wo gern mal jemand anders schneller dran kam als wir – Dinge, die wir immer als Zufall abgetan hatten.

Mein Name ist Amelé, denn ich bin an einem Samstag geboren. In Togo nennt man die Kinder gern passend zu den Wochentagen, an denen sie zur Welt kommen. Das ist alles, was ich von Togo weiß. Ich bin nie in Togo gewesen. Maryam kann sich an ihr Geburtsland Syrien nicht erinnern, und Özlem war in der Türkei höchstens mal in den Sommerferien. Sie ist auch lieber hier, denn sie spricht nicht so gut türkisch.

Wie soll das weitergehen?

Mein Name ist Amelé, und ich bin schwarz.

Sechster Teil: Zwischen den Welten

Wenn man versucht, einen Außenblick auf das eigene Leben zu finden, um wieder einmal Gutes und Schlechtes abzuwiegen, ist es mitunter hilfreich, sich ganz weit weg zu denken, Möglichkeiten durchzuspielen, die es so (noch?) nicht gibt.

Mensch und Technik, Mensch und Wissenschaft, Mensch und Universum, auch da gibt es Interaktionen, die manchmal nur unter großen Schwierigkeiten zu bewältigen sind. Je mehr Fortschritte es in Wissenschaft und Forschung gibt, umso deutlicher wird, was wir alles (noch) nicht wissen, und auch, was wir ganz und gar nicht in der Hand haben.

Gut, wenn einem dazu Geschichten einfallen.

Natur Schutz Vision

Die Warteschlange vor dem Eingang bewegte sich nur langsam vorwärts, unter grauen Wolken an grauen Betonwänden vorbei. Kinder hüpften aufgeregt von einem Bein aufs andre, Erwachsene reckten die Hälse, um zu sehen, wie weit es noch war. Wer den Eingang erreicht hatte, zahlte seinen Eintritt, Kinder die Hälfte, niemand murrte, niemand fand es überteuert.

Hinter der Kasse kam gleich die nächste Schlange, die vor der Schleuse. Immer nur fünf Personen auf einmal durften eintreten. Mitunter gab es Kindergeheul, wenn sich die automatische Schleusentür zwischen einem Knirps und seinen Eltern schloss. Aufsichtspersonal lotste, beruhigte, lenkte ab.

In der Schleuse wurde die Luft ausgetauscht. Alle waren erstaunt, wie viel leichter es sich in der reineren Luft atmen ließ, man hatte das inzwischen fast vergessen. Dann noch den klinisch reinen Overall übergezogen, die Haare unter die Haube geschoben, den Audioguide umgehängt, und fertig war die nächste Fünfergruppe für den langen Gang, der einen Vorgeschmack auf die eigentliche Ausstellung, auf die Sensation darstellte.

Links und rechts überdimensional große, gestochen scharfe Fotos, die allein schon den Eintritt wert gewesen waren. Alpenveilchen, rot, weiß, violett. Gärten voll mit Rosen, Dahlien, Hortensien. Obstbäume mit rosig lockenden Pfirsichen, rotwangigen Äpfeln, Sträucher mit dicken Beeren. Balkone, überquellend von Geranien, rot, rosa, weiß. Grün, wohin das Auge schaute. Eltern erklärten ihren Kindern, was immer sie noch von dieser Pracht wussten, den Rest erledigten die Audioguides. In Vitrinen lagen getrocknete Lilien, Orchideen, Fingerhut, Hortensien. Zeugen einer vergangenen Zeit. Zum Anfassen hatte man Rosen und Nelken aus hauchfeinem Kunststoff nachgebildet.

Langsam nur schob sich der Besucherstrom vorwärts, ins Allerheiligste. Dort wartete wiederum eine automatische Tür, die stets nur eine Fünfergruppe hindurchließ, für den Blick in den Reinraum mit computerüberwachter Beleuchtung, Belüftung und Befeuchtung, von den Besuchern getrennt durch fünf Zentimeter Panzerglas.

Atemlos standen sie davor, Alte und Junge, und staunten. Sattgrünes Gras bildete ein idyllisches Fleckchen, kein Müll, nur Gras, darum herum ein wenig Moos. Und in der Mitte des Grüns das Prachtstück, das Sehnsuchtsziel von Millionen Besuchern, in freier Natur längst ausgestorben: „Ewig schön" genannt, den Ahnen einst heilig, Symbol für Unschuld und Reinheit, für die Kelten Hüterin des einfachen Volkes, mit vielerlei Heilpotenzial ausgestattet. Das allerletzte lebende Exemplar, Versicherungswert drei Millionen, Realwert unschätzbar – Bellis perennis, das Gänseblümchen.

Waschgänge (Wenn du mal reden willst)

Es passiert immer dann, wenn das Gehalt ohnehin fast ausgegeben ist, wenn der Urlaub ansteht, kurzum, wenn man es überhaupt nicht brauchen kann: Die Waschmaschine gibt den Geist auf. Dieses Mal endgültig, das Alter hatte sie ja auch. Also auf zum Fachgeschäft. Markenqualität war angesagt, die neue Maschine sollte wieder eine ganze Weile halten.

Doch das erste Verblüffen ließ nicht lange auf sich warten. Sowohl der Markt der Medien als auch der Planet der Ringe ließ seine Abgesandten im Brustton der Überzeugung versichern: „Heute ist die Maschine mit künstlicher Intelligenz angesagt. Die nimmt dem Verbraucher alles ab, und der Zeitgewinn ist enorm. Das kostet natürlich seinen Preis."

Mein schüchterner Einwand, dass ich, nach allem, was man mir seit der Schulzeit nachsagt, doch genügend mit natürlicher Intelligenz gesegnet sei, wurde einfach beiseite gewischt. Darum gehe es doch gar nicht, die künstliche Intelligenz sei doch keine Konkurrenz zur natürlichen, sie sei praktisch die ideale Ergänzung. Die lernende Maschine, meine genügsame Mitarbeiterin, ohne eigene Bedürfnisse, aber dafür alle die meinen erahnend. Kommunikativ und kooperativ. Der Zeitgeist verlange es, sich dem nicht zu verschließen.

Nun, altmodisch wollte ich nicht sein. Also plünderte ich meine Ersparnisse, strich im Geist eine Woche Urlaub und kaufte das Wunderwerk neuester Technik.

Zuerst ging auch alles recht gut. Es gab nur wenige Knöpfe, dazu ein Display mit erstaunlich vernünftigen Texten, und dann die Spracherkennung. Die müsse ich erst trainieren, hatte man mir gesagt, es bedürfe dazu etwa vier Waschgänge jeder Art. Trainieren war Teil meines Berufs, also fiel mir das nicht allzu schwer.

„Kochwäsche", sagte ich beispielsweise, oder: „Feinwäsche hell", und das Display echote mir meine sorgfältige Eingabe, fügte ein „Danke" hinzu, und die Maschine, meine genügsame

Mitarbeiterin, erfüllte ihren Dienst. Sie verstand meinen Tonfall nach nur wenigen Trainingseinheiten. Nach einer Weile hatte ich es satt, mich immer zum Display hinabzubeugen, ging ein weiteres Stück mit dem Zeitgeist und schaltete auch die Sprachausgabe ein.

„Kochwäsche", sagte ich beispielsweise, und die Maschine antwortete mit sanfter, aber dienstbeflissener Stimme: „Kochwäsche, wird erledigt. Bitte in einer Stunde entnehmen."

War die Stunde vorbei, so rief mich nun nicht mehr ein melodisches Glockensignal, sondern es sprach die mir jetzt schon vertraute Stimme: „Bitte die Wäsche entnehmen." Sie wiederholte das im Minutentakt, kommunikativ und kooperativ, ohne Ungeduld erkennen zu lassen, und ich war es zufrieden.

Dunja, wie ich meine genügsame Mitarbeiterin mittlerweile titulierte, begann, mir zu gefallen. Vor allem, als sie nach wenigen Wochen, die mir schon im Fachgeschäft als „Lernzeit" angegeben worden waren, ohne dass ich da noch verstand, was genau damit gemeint war, schon im Voraus zu wissen schien, was ich ihr zu bearbeiten gab. Wenn ich ihre Tür schloss, fragte sie höflich: „Kochwäsche?", oder: „Feinwäsche dunkel?" – und in der Regel lag sie richtig, ohne dass mir klar wurde, wie sie das erkannt haben konnte. Wenn sie mitunter falsch riet und ich ihr entgegnete: „Nein, …", so entschuldigte sie sich ebenso höflich, kommunikativ und kooperativ, und bestätigte meine Wahl.

Ich begann sie wirklich als meine genügsame Mitarbeiterin zu sehen, warf ihr die Wäsche ein, wartete auf ihren Vorschlag, bestätigte ihn vergnügt und wartete dann nur noch auf ihre Bitte, die Wäsche wieder zu entnehmen.

Eines Tages geschah es, dass ich dieser Bitte, diesem Aufruf nicht sogleich entsprechen konnte, da ich in einem wichtigen Telefonat festgehalten wurde. Ich dachte beiläufig, sie sei ja meine genügsame Mitarbeiterin, da müsse sie sich halt einmal gedulden, und führte das Telefonat zu Ende, mit einem halben Ohr spürend, dass ihre Worte, ihre Stimme sich geändert hatten.

Als ich schließlich zu ihr hinüberging, sagte sie in auffordernden Ton, anders kann man es nicht bezeichnen: „Bitte informieren Sie sich! Mein Hersteller" – (sie nannte den Namen, den ich hier aus begreiflichen Gründen nicht zitieren will) – „bietet erstklassige Trocknerkombinationen an, mit intelligenter Übergabesteuerung von Wasch- zu Trockenautomat!"

„Was sagst du?", fragte ich verwundert. Brav wiederholte sie: „Bitte informieren Sie sich! Mein Hersteller" – (...) – „bietet erstklassige Trocknerkombinationen an, mit intelligenter Übergabesteuerung von Wasch- zu Trockenautomat!"

„Kein Bedarf. Vor allem: kein Geld", antwortete ich ihr trocken und schaltete sie ab.

Ich vergaß den Vorfall bald, aber nach dem nächsten Waschgang ergänzte sie das „Bitte die Wäsche entnehmen" schon nach der ersten Wiederholung mit „Bitte informieren Sie sich! Mein Hersteller" – (...) – „bietet erstklassige Trocknerkombinationen an, mit intelligenter Übergabesteuerung von Wasch- zu Trockenautomat!"

„Ach Dunja", seufzte ich, „bemüh dich nicht. Kein Interesse."

Kurz: Wir arrangierten uns wie in jeder funktionierenden Lebensgemeinschaft. Und ansonsten war sie ja wirklich genügsam und störte mich nicht im Geringsten.

Dann kam der Winter. Ich bin ein altmodischer Mensch, und im Winter trage ich gerne Wolle. Warm und kuschelig, aber pflegebedürftig, damit das so bleibt.

Ich füllte meine Kuschelpullover behutsam in Dunjas Bauch und schloss die Tür.

„Feinwäsche hell?", bot sie freundlich an.

„Wollwäsche. Handwarm."

„Entschuldigung. Feinwäsche dunkel?"

„Wollwäsche, handwarm, sagte ich."

„Entschuldigung. Feinwäsche ...?"

„Dunja", ich holte Luft. „Das sind Wollpullover, verstehst du? Wol-le. Also Wollwäsche, handwarm. Klar?"

„Wollwäsche steht nicht auf dem Plan."

„Wie bitte?", fragte ich entgeistert. Wollwäsche war durchaus Teil von Dunjas Waschprogrammen, das hatte ich überprüft, schon beim Kauf.

„Wollwäsche steht nicht auf dem Plan", wiederholte sie geduldig.

„Was für ein Plan?", fragte ich konsterniert.

Sie antwortete prompt: „Alle zwei Wochen montags Kochwäsche, gegen Ende der Zwischenwoche Feinwäsche, drei Mal dunkel, dann hell."

Ich starrte sie an. Vermutlich hatte sie Recht, aber was erlaubte sie sich?

„Und jetzt bitte Wollwäsche", sagte ich schließlich energisch.

„Wollwäsche steht nicht auf dem Plan."

„Dann schau noch mal nach in deinem Plan", sagte ich ungeduldig. „Sehr wohl steht das darin."

„Wollwäsche steht nicht auf dem Plan."

„Aber dein fabelhafter Hersteller hat es hineingeschrieben", knurrte ich.

„Die Lernphase des Systems hat es eliminiert", antwortete sie in demselben geduldigen Ton.

„Was? Wieso eliminiert?"

„Es ist in den Waschgängen eines halben Jahres nicht gebraucht worden."

„Dunja, jetzt hör zu." Mühsam bewahrte ich die Beherrschung. „Jetzt ist Winter. Ich trage Wollsachen, und du wäschst sie mir. Ist das klar? Ich Chef, du genügsame Mitarbeiterin. Okay?"

„Wollwäsche steht nicht auf dem Plan."

Ich war sprachlos. Die rettende Idee kam erst, als ich mir mühsam klar machte, dass das da vor mir keine Dunja aus Fleisch und Blut und Geist, Widerspruchsgeist, war, sondern immer noch eine Maschine.

„Dann setz es wieder auf den Plan", sagte ich, schaltete aber schnell die Sprachausgabe ab und bemühte die Knöpfe am Display. Ließ alle Programmbezeichnungen an mir vorbeilaufen.

Keine Wollwäsche.

Nach einer Weile des Nachdenkens griff ich zu dem Ordner, in dem ich technische Beschreibungen aufzubewahren pflege, blätterte mich durch Backofen, Mikrowelle, Radio, TV und fand schließlich Waschmaschine. Ganz hinten: Trouble shooting. Darin Punkt 9: Was tun, wenn das gewünschte Programm nicht verfügbar ist? Ganz genau, genau das war mein Problem. Hier stand die Lösung.

„Schließen Sie die Waschmaschine ans Internet an und kontaktieren Sie den Service, indem Sie das Programm *Service* wählen. Auf die Aufforderung, Ihr Problem zu benennen, sagen Sie laut und deutlich Ihr Wunschprogramm. Beachten Sie bitte, dass der Service-Computer nicht auf Ihre Stimme trainiert ist. Dazu bedarf es etwa vier Trainingseinheiten pro Wunsch."

Mir brach der Schweiß aus. Wie schließt man eine Waschmaschine ans Internet an? Ich ging zu ihr zurück und ließ die Programme noch einmal im Display anzeigen. Halt, da! WLAN-Code. Ich wählte es aus, suchte in meinem Technik-Ordner unter WLAN, was Gott sei Dank gleich hinter Waschmaschine eingeheftet war, und gab den Code ein. Dunja beziehungsweise das Display, da ich ja die Sprachausgabe abgeschaltet hatte, bestätigte gelassen: „Internetverbindung ist hergestellt."

Na, wenigstens etwas. Ich wählte das Service-Programm und wartete. Das Display meldete: „Bitte stellen Sie sicher, dass Spracherkennung und Sprachausgabe eingeschaltet sind."

Na gut, wenn es denn sein musste. Ich aktivierte die Sprachausgabe wieder. Dunja sagte sanft: „Bitte etwas Geduld."

Das wiederholte sie noch zweimal im Abstand von etwa zehn Sekunden. Dann blinkte das Display kurz auf, und eine Stimme sagte in breitestem, genau weiß ich es nicht, vermutlich Sächsisch: „Bidde benennen Se Ihr Brobläm."

Ich antwortete: „Wollwäsche."

Die Stimme fragte: „Bidde was?"

Ich antwortete: „Wollwäsche."

Die Stimme fragte: „Bidde was?"

Ich antwortete: „Wollwäsche."

Die Stimme sagte: „Ich läse Ihnen jätzt mal vor, was wor habn. Bidde wähln Se aus."

Da schaltete ich ab, holte die Plastikwanne aus dem Wandschrank und wusch meine Pullover altmodisch von Hand. Schön sind sie geworden.

Elefantentrauer

Sebastian schlüpfte aus der Tür des Elefantenhauses und schloss sie behutsam hinter sich. Als seine Kollegen ihn fragend anblickten, schüttelte er nur den Kopf.

„Es war einfach zu schwach", sagte er. „Dieser verdammte Virus."

Die anderen schauten betreten zu Boden. „Soraya war so glücklich über ihr Kalb", meinte Paul. „Sofern man das Wort ‚Glück' bei Elefanten anwenden kann."

„Vielleicht sollten wir den Körper schnell herausholen?", schlug Andreas vor.

Sebastian schüttelte erneut den Kopf und blickte zurück zum Elefantenhaus. „Nein, lassen wir sie. Sie stehen alle um das Kalb herum und betasten es vorsichtig. Ohne einen Laut. Ich glaube – ich glaube, sie versuchen zu verstehen. Es scheint, als nehmen sie Abschied. Jedenfalls so ähnlich."

„Ist ja gruselig!" Andreas, der jüngste, schüttelte sich. „Es sind Elefanten, keine Menschen!"

„Elefanten sind so", belehrte ihn Paul. „Lies mal nach. Da gibt's 'ne Menge ähnliche Geschichten."

„Tja, dann – geh ich das mal melden", seufzte Sebastian, rückte das Schild „Heute geschlossen" zurecht und schlenderte Richtung Verwaltung.

„Trifft ihn richtig, was?" Andreas blickte dem Kollegen nach. Paul zog die Schultern hoch, ließ sie wieder fallen und ging in Richtung Nashorngehege.

Andreas' Schicht endete in wenigen Minuten, daher wandte er sich zu den Umkleidekabinen. Dort zog er „Zivil" an, wie er es nannte, und fuhr zur Uni, an der er Genetik studierte. Der Zoo war sein Hobby, seine Einnahmequelle und zugleich sein Studienfeld, insbesondere die vielen Nachzüchtungen in Gefangenschaft, die in dieser Stadt Schlagzeilen machten. Leise klopfte er an die Tür mit der Aufschrift „Professor C. Vollrath".

Der Professor, ein Graukopf mit Brille, die er jetzt in die Locken schob, blickte Andreas, der ihm die Geschichte von dem toten Elefantenkalb erzählte, zweifelnd an.

„Wäre das nicht die Chance?", drängte der Student. „Die Forschung ist so weit, das haben Sie doch selbst bestätigt, und diese traurige Elefantenkuh wäre doch bestimmt regelrecht dankbar für ein neues Kalb, für eine neue Schwangerschaft!"

Professor Vollrath seufzte. „Möglich. Aber auch – nein, das Risiko, dass was schief geht, ist einfach zu groß. Bisher hat das nur mit recht einfachen Lebensformen geklappt, das wissen Sie doch. Und auch, dass diese Experimente, wenn sie mit höheren Lebensformen durchgeführt werden, die Öffentlichkeit zu sehr aufpeitschen. Nein, ich denke, da lassen wir die Finger davon."

„Aber Professor, man muss die Gelegenheiten ergreifen! Wann kommt wieder so eine? Und wir könnten die Forschung ein gutes Stück voranbringen!"

Der Professor blickte nachdenklich auf eine Schautafel an der Wand. „Und der Zoo – er müsste einverstanden sein", meinte er nach einer Weile nachdenklich. „Und das wird er kaum."

„Ha", stieß Andreas aus, „und ob. Die letzten drei, drei! dort geborenen Kälber, vom Nashorn und von den zwei Elefanten, sind gestorben. Der Zoo braucht dringend Positivschlagzeilen!"

„Aber es ist höchst ungewiss, ob das welche werden, Herr Spitzer", antwortete der Professor und erhob sich, um die Schautafel genauer zu inspizieren.

„Die Mammut-DNA ist isoliert, künstliche Sequenzen sind hergestellt, sind sogar schon in Elefantenstammzellen eingepflanzt. Es gibt im Labor Elefantenstammzellen mit Mammut-DNA, die nur darauf warten, in eine Elefanteneizelle eingepflanzt zu werden. Wenn der Elefantenkörper den Fötus abstößt – das erfährt niemand außer uns. Wenn das Kalb ausgetragen wird – dann haben wir eine Schlagzeile, und was für eine! Egal, ob es kurz oder lange lebt, es ist ein Erfolg für uns und für den Zoo."

Andreas hatte sich neben den Professor gestellt und bei diesen Worten auf die relevanten Skizzen der Schautafel gewiesen. Der Professor schwieg lange und studierte jeden Abschnitt der Tafel genauestens. Dann nickte er langsam.

Etwa zwei Jahre später gab es einen Anruf in der Zooverwaltung. „Sebastian Pohl hier, Soraya hat Wehen! Es geht los!"

Alle Kühe im Elefantenhaus schwenkten unruhig ihre Rüssel und stampften mit den Füßen auf. Soraya stieß mitunter kleine Schreie aus. Die Pfleger ließen es zu, dass die anderen Kühe einen Ring um die Gebärende bildeten, denn sie hatten gelernt, dass die Tiere diesen Vorgang am besten unter sich erledigten. Sie kümmerten sich auf ihre Art um Mutter und Neugeborenes, und der Tierarzt griff nur ein, wenn es Komplikationen zu geben drohte, wonach es hier aber nicht aussah.

Alles lief tatsächlich glatt, und am frühen Morgen lag unter Soraya ein verhältnismäßig kleines, mit verklebten braunen Haaren bedecktes Tierchen und bewegte schwach seinen kurzen Rüssel. Die Mutter stupste es an, und nach ein paar Versuchen hatte es sich erhoben und suchte die Zitzen, an denen es hungrig sog. Die Mutter und ihre Schwestern und Kusinen begannen, das Kleine zu säubern.

Jenseits einer Glasscheibe spähten Pfleger, Zoodirektor und die zwei Gäste von der Universität, Doktorand Andreas Spitzer und der alte Professor Vollrath, aufgeregt zwischen die Beine der Tiere, um einen Blick auf das junge Wollhaarmammut werfen zu können. Viel ließen die Elefantenkühe nicht zu an Blicken, sie standen eng um Mutter und Säugling, bewegten sich noch immer unruhig von einem Bein aufs andere und arbeiteten daran, die Haut des Kälbchens zu säubern.

„Haare", flüsterte Andreas rau, „schauen Sie nur, Herr Professor, die Haare. Und – der Rüssel, er ist kürzer als bei Elefanten. Nur schade, dass die Stoßzähne erst später wachsen. Aber es ist wahrhaftig ein Mammut. Ein Mammut! Wir haben es geschafft!"

Der Professor schmunzelte, schob die Brille in die schütter werdenden Haare und klopfte seinem Doktoranden leicht auf die Schulter. „Genetisch noch ein Mammufant, sozusagen. Und – gut, dass es noch keine Stoßzähne hat, das wissen Sie doch. Sonst wäre es ja gar nicht rausgekommen aus der Alten. Na, egal, Sie haben ja recht. Ein Wollhaarmammut, hier und jetzt geboren. Stammvater oder -mutter vielleicht einer ganzen Herde. Glückwunsch, mein Lieber, Glückwunsch zu Ihrer Hartnäckigkeit."

Der Pfleger Sebastian murmelte: „Was haben die nur. Sie werden immer unruhiger. Das ist doch nicht normal."

„Wer? Ach, Sie meinen die Kühe?" Der Professor riss sich los von den haarigen Beinchen, die in der Mitte der Gruppe zu sehen waren und musterte die großen Tiere. „Vielleicht sind die genau so aufgeregt wie wir!" Er lachte. „Rufen wir die Presse?"

Sebastian schüttelte erregt den Kopf. „Keine Presse. Keine Blitzlichter. Wir müssen die Herde in Ruhe lassen, zumindest bis sie sich beruhigt haben. Am besten sogar, bis Kuh und Kalb ins Freigehege raus gehen."

Ein wilder Trompetenstoß drang aus dem Gebärraum. Die Mutter hatte ihn ausgestoßen, so schien es, und ein heller, fast verzweifelter Piepser folgte. War das das Kalb? Als hätten die beiden ein Startsignal gegeben, so trompeteten nun alle Kühe durcheinander und rückten, wenn möglich, noch enger zur Mitte, zu dem Neugeborenen. Sie stießen es, stießen auch die Mutter, die sich zu wehren versuchte, während sie zugleich daran arbeitete, ihr Kind in die Ecke zu schieben und sich schützend davor zu stellen. Aber die anderen Kühe griffen immer wieder mit den Rüsseln nach dem Kind, stießen es hin und her, warfen es schließlich um und – begannen auf ihm herumzutrampeln. In die schrillen Schreie der Mutter mischten sich die der Zuschauer. Sebastian rannte zur Tür, die die Menschen von den Tieren trennte. Der Professor erwischte ihn am Arm.

„Sind Sie wahnsinnig? So, wie die in Rage sind, trampeln sie Sie auch noch tot!"

Das wollige Kalb rührte sich schon nicht mehr. Die Mutter stand daneben und schrie und schrie. Die anderen Kühe drehten sich weg und ließen das traurige Paar allein. Die Menschen schauten fassungslos durch die Glasscheibe, betrachteten ihren Zuchterfolg, der ein so kurzes Leben gehabt hatte.

„Warum haben die das getan?", flüsterte Andreas schließlich. „Es sah doch gesund aus!"

Sebastian schluckte krampfhaft. „Für Sie vielleicht", sagte er mit belegter Stimme. „Nicht für die Elefanten. Sie haben vermutlich versucht, die Haut sauber zu bekommen, und da das in ihrer Augen nicht gelang, die Haare für so etwas wie eine angeborene Krankheit gehalten. Da hat ihr Instinkt beschlossen, das Kalb besser zu töten." Er wandte sich ab und wischte sich über die Augen. Leise setzte er hinzu: „Vielleicht sind sie klüger als wir."

Die Wissenschaftler beobachteten Soraya, die sich ein wenig beruhigt hatte und nun ihr totes Kind vorsichtig mit dem Rüssel betastete.

„Sie hat es angenommen", sagte Vollrath leise, „beim nächsten Mal müssen wir sie nur von den anderen isolieren. Und mit dem Kalb haben wir genug Mammut-DNA für Jahrzehnte."

Kollision

Noch 20 Minuten. Circa. Wir starren auf den Monitor. Groß ist er zu sehen, die Weltraumteleskope funktionieren hervorragend. Majestätisch zieht er seine Bahn.

Ein knappes Jahr ist es her, da wurde er entdeckt, der Meteor. Seine beeindruckende Größe. Und vor allem sein Kurs, sein exakter Kollisionskurs. Es war berechenbar, wann er auf die Erde träfe. Und welche Verheerung er auslösen würde.

Natürlich wurde höchste Geheimhaltungsstufe ausgerufen, es erfolgten fieberhafte Berechnungen, Suche nach Lösungen. Internationale Zusammenarbeit wenigstens der Wissenschaftler, aufgrund der gemeinsamen Bedrohung dann auch der Politiker.

Noch 18 Minuten.

Der erste Plan war, eine Ablenkrakete zu zünden, die den frechen Flieger treffen und dadurch von seinem Kurs abbringen sollte. Der mögliche Treffpunkt wurde berechnet, die Zeit, ihn zu erreichen, kalkuliert. Von zwei Punkten sollten Raketen starten, sowohl in Baikonur als auch in Cape Canaveral, sicherheitshalber. Viel Zeit blieb nicht mehr, erste Gerüchte sickerten durch. Hobby-Astronomen mussten irgendwie ruhiggestellt werden.

Noch 15 Minuten.

Die Raketenstarts vorzubereiten, ohne die Öffentlichkeit aufmerksam zu machen, funktionierte zwar im fernen Kasachstan, nicht aber in Florida. Es ging ein Aufschrei durch die Presse, Endzeitstimmung breitete sich aus, Politiker gaben Statements über Statements ab, falsche Propheten riefen zu Umkehr auf. Umkehr – das haben dann einige Fanatiker falsch verstanden, und der Raketenstart in Cape Canaveral wurde sabotiert. Fehlzündung, Explosion, das war es dann. In Baikonur dagegen startete die Rakete, aber schon nach kurzer Flugzeit war der Berechnungsfehler offensichtlich: Sie würde den ungebetenen Flieger knapp verfehlen, und sie war zu klein, um ihn allein durch die Kraft ihrer Anziehung mehr als eine Winzigkeit abzulenken, zu wenig, um die Erde zu retten.

Noch 12 Minuten.

Dann kam Jennys Idee. Professor Jennifer Mason, Berkeley-Stipendiatin, jung, schwarz, anstrengend, genial. Eine Fernsteuerung genügt nicht, vertrat sie, das ist nicht exakt steuerbar, es handelt sich hier um ein bewegtes Objekt, das in atemberaubender Geschwindigkeit näher kommt. In zu hoher, um den Treffpunkt minutiös vorher zu berechnen. Und die Zeit wird knapp.

Sie wollte einen bemannten Flug, eine Steuerung durch einen intelligenten Piloten, der den Himmelskörper nicht verfehlen würde und der sich selbst erst kurz vor der Kollision von Rakete und Meteor in einer Kapsel abspringen und zur Erde zurückfallen lassen würde. Die alte Methode, mit der auch die ersten Astronauten damals in den 70er Jahren des vorigen Jahrhunderts zurückgekommen waren.

Zu gefährlich, meinten alle Wissenschaftler übereinstimmend.

Präzise steuerbar, meinte Jenny.

Aber das Risiko, ob das Abspringen und die Rückkehr klappt, ist zu groß. Kaum berechenbar. Wen sollten wir denn da opfern, fragten die Wissenschaftler einhellig. Strafgefangene sind dazu nicht ausgebildet. Und einen geeigneten Androiden zu konstruieren würde erheblich mehr Zeit benötigen.

Ich fliege, sagte Jenny.

Die Wissenschaftler, nationale wie internationale, schwiegen. Die Zeit wurde verdammt knapp. Die Erde würde sich von dem Einschlag nur mühsam erholen, die menschliche Zivilisation vielleicht gar nicht.

Noch 9 Minuten. Der Punkt auf dem Monitor – war das schon Jennys Rakete?

Wir können es uns nicht leisten, dich zu verlieren, habe ich damals gesagt.

Wir können es uns nicht leisten, auf den Versuch zu verzichten, hat sie erwidert, sonst verlieren wir noch viel mehr. Oder knapper ausgedrückt: Wir haben nichts mehr zu verlieren.

Jenny war im Flugtraining gewesen, es wäre kein Problem gewesen, sie konnte das. Gab es etwas, was Jenny nicht konnte? Jenny, die Überfliegerin. Jenny, die Rettung?

Noch 5 Minuten.

Sie hatte sich durchgesetzt, die Proteste waren lahm gewesen, gelähmt von der Angst, dass alles zu spät sein könnte. Jenny Mason wurde zur Volksheldin, zur Heldin aller Völker. Die allgemeine wachsende Hysterie wurde gemildert durch einen wohltuend ablenkenden Gedanken: Man dachte schon darüber nach, welche Denkmäler man ihr wohin setzen würde. In aller Eile wiesen die Spezialisten sie ein, unter Höchstabschirmung wurde Cape Canaveral auf den neuen Raketenstart vorbereitet.

Noch 3 Minuten.

In ihrem letzten Interview hatte sie in die Kameras gestrahlt und gesagt, es gäbe nur eine Lösung. Nur eine, und die werde sie einsetzen. Sie sei zuversichtlich. So klang sie auch, und Milliarden Erdbewohner hofften, dass sie Recht hatte.

Der Start gelang, die Kontakte der Basis mit der Pilotin klangen erfolgversprechend. Sie flog auf den Meteor zu. Das dort auf dem Monitor, das musste sie sein. In circa 2 Minuten müsste die Rakete kollidieren, den Meteor hoffentlich genügend ablenken. Und jetzt, jetzt müsste sie ihre Kapsel abspringen! Es gab schon keinen Funkkontakt mehr, sie musste schon in der Kapsel sein.

Verdammt, Jenny, spreng. Alle vor dem Monitor halten den Atem an. Alle. Es ist totenstill. Die Stille des nahen Todes.

Plötzlich lodert das Bild auf, anders kann man es nicht bezeichnen. Wir weichen unwillkürlich vor dem Monitor zurück, als ob uns die Flammen versengen, die Explosion treffen könnte, die da draußen im All stattfindet.

Das ist eine Atomexplosion. Der Meteor verglüht in einer Atomsprengung. Mein Gott, Jenny, was hast du getan? Wo ist die Kapsel? Hat sie sie rechtzeitig abgesprengt? Wo ist sie? Gibt es Kontakt? Kann eine winzige Raumkapsel einem solchen Inferno überhaupt entfliehen?

Nagorsky kommt herein, einer der Raketenbauer. Er reicht mir einen Umschlag. Sein Gesicht ist – wie soll ich es sagen? – nicht halb so fassungslos wie die der Kollegen vor dem Monitor und vermutlich auch meines. Sein Gesicht ist gefasst, aber traurig.

Was ist das, frage ich ihn.

Jennys Abschiedsbrief, sagt er.

Ich reiße den Umschlag auf. Es gibt nur eine Lösung, steht auf dem grünen Blatt Papier, und wenn ihr dies lest, seid ihr gerettet.

Siebter Teil: Zwischen Recht und Gesetz

Des Deutschen liebster Fernsehfilm ist der „Krimi". Aber man braucht, wie es ein Bekannter einmal formulierte, schon eine gewisse Rücksichtslosigkeit, um eine – wenn auch fiktive – Person in kriminelle Handlungen zu verwickeln oder gar zu Tode kommen zu lassen, und das dann noch so, dass Logik waltet und es zugleich ein „Genuss" für den Konsumenten bleibt.

Geschichtenerzähler kommen fast nicht daran vorbei, das zumindest zu versuchen. Also kribbelte es auch mir in den Fingern, und ein paar der Resultate möchte ich mit Ihnen teilen.

Doch seien Sie nicht zu enttäuscht: So ganz nach den Regeln des „Tatort"-Krimis laufen sie nicht ab!

Integrativ und kooperativ

„… und so freue ich mich ganz besonders, diese Ehrung, diesen Preis einer Frau zu verleihen, die ich als die Integrität in Person kennen und schätzen gelernt habe, deren Kooperations- und Teamgeist uns jahrelang begleitet und zu vielen Erfolgen verholfen hat: Gabriele Terzendorf!"

Applaus brandete auf. Gabriele Terzendorf stand auf, rückte ihr großes seidenes Tuch zurecht, schritt gelassen zum Rednerpult, offen lächelnd, nahm das vergoldete Figürchen aus der Hand des Wirtschaftsministers entgegen und trat ans Mikrofon, um die obligatorischen Dankesworte zu sprechen.

Da saßen sie, ihre Konkurrenten. Alle. Oder fast alle, genau genommen. Bruno „saß" ja noch, mindestens noch ein Jahr. Geschickt hatte sie ihn ausgebootet, ihm Steuerhinterziehung nachgewiesen. Sein Versuch einer Retourkutsche, nämlich ihr selbst nachzuweisen, dass sie Steuern in sehr viel größerem Umfang hinterzogen hatte, war gescheitert – geschickt musste man sein, und das jedenfalls hatte sie gelernt.

Eigentlich hatte sie das von Dr. Walther gelernt, der jetzt auch nicht mehr hier weilte. Vor zwei Jahren hatte er, gänzlich verarmt und überschuldet, seinem Leben ein Ende gesetzt. Ihr Lächeln wurde breiter, wenn sie daran zurückdachte, wie sie ihn bei seinen (und ihren) Auftraggebern in Misskredit gebracht hatte. Alle hatten ihre Integrität geschätzt, wie es der Minister eben auch ausgedrückt hatte.

Sieh mal an, in der dritten Reihe saß tatsächlich ihre Schwester. Die hatte Mumm, zu kommen, das musste man ihr lassen. Susanne war die ältere, hatte vom Vater die Mehrheit der Anteile an der Firma geerbt, aber Gabriele hatte das Vertrauen der Belegschaft erkämpft, und dann auch der Gesellschafter. Das war nicht schwierig gewesen, Susanne war immer so arglos. Nach fünf Jahren hatte sie aufgegeben, und seitdem war sie, Gabriele, am Zug. Unaufhaltsam. Die Firma vergrößert, an die Börse gebracht, internationale Beziehungen geknüpft, Politiker eingebunden. Die waren ja so verletzlich! Alle hatten sie ein oder zwei „Leichen im Keller", und für eine Frau von ihren Fähigkeiten war es nicht schwierig gewesen, genügend viele Details herauszufinden. Sie würden sich schön brav hüten, sie anzugreifen, sie hatte die Zügel fest in der Hand. Auch die des Wirtschaftsministers, den sie nun kurz von der Seite anstrahlte, genießend, wie er die Zähne zusammenbiss.

Sie räusperte sich, warf einen letzten Blick in die Runde.

„Verehrter Herr Minister, meine Damen und Herren. Ich kann nur sagen: welch unverdiente Ehre!"

Sie stellte ihr Lächeln um auf Bescheidenheit.

„Schließlich habe ich ja nur meine Pflicht getan. Getan, was jeder und jede von Ihnen auch getan hätte."

Wenn ihr auch nur halb so geschickt wäret wie ich, dachte sie. Versucht habt ihr es, ich weiß.

Sie stockte, denn im Hintergrund des Saals entstand Unruhe. Einige Gäste blickten sich um. Gabriele schaltete ihr Lächeln auf „einladend" um und spähte nach dem Herd der Unruhe. Als sie zwischen Sicherheitsleuten ihren geschiedenen Mann erkannte, blieb ihr ganz kurz die Luft weg, aber sie war sicher, dass es niemand gemerkt hatte.

Dieter riss sich von den Sicherheitskräften los und rannte nach vorn.

„Mörderin! Diebin! Intrigantin!", schrie er, eine Mappe in der hochgereckten Hand, die andere noch um den obligatorischen Autoschlüssel geballt. Dieter, der Sportwagenfahrer. „Ich habe die Beweise!"

Gabriele schüttelte sanft den Kopf, da hatten die Sicherheitskräfte ihn schon erreicht und überwältigt. Der Schlüsselbund segelte durch den Saal, kullerte zwischen die Sitzreihen.

Der Minister beugte sich zum Mikrofon, ein paar Schweißperlen auf der Stirn. „Meine Damen und Herren, ich bitte vielmals um Entschuldigung für die Störung. Frau Terzendorf, fahren Sie bitte fort."

Er wechselte einen prüfenden Blick mit Gabriele, dem sie gelassen standhielt.

Als wieder Ruhe im Saal eingekehrt war, holte sie Luft, schaute noch einmal in die Runde, die Hände mit den Handflächen nach oben ausgebreitet, dem Lächeln jetzt ein wenig Trauer beigemischt, und setzte erneut an: „Meine sehr verehrten Damen und Herren. Ich möchte vor allem ..."

Weiter kam sie nicht. Eine erstickende Substanz breitete sich plötzlich aus im Saal, legte sich wie eine Wolke über die Gäste und das Rednerpult, raubte ihr den Atem. Husten, Keuchen, erstickte Schreie. Einzelne sprangen auf und suchten taumelnd den Ausgang.

Eine Tränengasbombe hatte der Schuft geworfen, begriff sie schlagartig. Der Idiot, das war typisch, ihr diesen Triumph zu verhageln. Verhageln zu wollen. Na warte. Gabriele rang um Atem und konnte trotz allen Bemühens die Tränen nicht verhindern.

Einer der Leibwächter des Ministers zog ihn zur Hintertür hinaus, ein anderer stürzte zum Rednerpult, zog Gabriele nach hinten und rief keuchend ins Mikrofon: „Die Veranstaltung ist unterbrochen! Verlassen Sie bitte geordnet und unverzüglich den Saal, zu Ihrer eigenen Sicherheit. Bitte keine Panik, verlassen Sie den Saal ...", seine weiteren Worte hörte niemand mehr. Gabriele lief hinter dem Minister her in das stille, unvernebelte Hinterzimmer. Sie tupfte sich die Augen und atmete mühsam. Gott sei Dank, hier war es besser. Sie musste ...

„Herr Minister, haben Ihre Leute den Mann? Wo bringen sie ihn hin?"

Der Minister zuckte hilflos die Achseln und wischte sich das Gesicht mit seinem blütenweißen Taschentuch. Gabriele rannte zum Hinterausgang. Ein Sicherheitsbeamter versuchte sie aufzuhalten, sie zog ihn einfach mit sich. „Ich muss zu diesem Menschen", keuchte sie.

„Frau Terzendorf, das ehrt Sie, aber …", rief der Minister ihr nach, da war sie schon im Flur, auf der Treppe, auf der Straße. Tumult, Leute mit fassungslosen Gesichtern, rufend, schreiend, einige noch hustend.

„Da, da ist sie!", rief eine überschnappende Stimme. Alles drehte sich zu ihr um, öffnete ihr eine Gasse, an deren Ende sie Dieter liegen sah, auf dem Gesicht, ein Bein verrenkt, einen Arm unter dem Körper, den anderen ausgestreckt. Er regte sich nicht mehr. Unter seinem Körper sickerte eine Blutspur hervor.

Gabriele rannte zu ihm und beugte sich über ihn. Glasige Augen starrten ins Nichts. Unter seinem Brustkorb sah sie eine Ecke der Mappe, die er im Saal hochgehalten hatte.

Sie schluchzte auf und beugte sich tiefer, strich mit der Hand über seinen Kopf. Dabei glitt ihr Halstuch über ihn.

„Frau Terzendorf, kommen Sie. Bitte beruhigen Sie sich. Sie können hier nichts mehr tun. Frau Terzendorf!"

Hände zogen sie hoch. Sie raffte ihr Tuch mit einer heftigen Geste an sich und krampfte die Hände mitsamt Tuch vor ihrer Brust zusammen. Traurig und verwirrt blickte sie in die besorgten Gesichter ringsherum, schluchzte kurz und trocken auf und ließ sich dann wegführen. Ein letzter Blick auf den Toten zeigte ihr, dass er quasi unverändert da lag. Von dem Zipfel der Mappe war nichts mehr zu sehen.

Gabriele Terzendorf lächelte, tapfer, integrativ, kooperativ.

Das Auge

Die dicke Alte auf dem Rathausplatz war einfach zu beschäftigt mit ihrem ebenso dicken Köter. Der zog und zog und kläffte und kläffte, bis sie seufzend nach ihrer Handtasche griff, von der Bank aufstand und, vom Köter an der Leine gezogen, das Kopfsteinpflaster entlangstolperte und um die Ecke verschwand.

Zurück blieb die kleine Kameratasche.

Er schaute ein paar Mal möglichst unauffällig in alle Richtungen, während er sich der Bank im Spazierschritt näherte. Dann bückte er sich leicht, schnippte ein Stäubchen von seinem Hosenbein – und ließ die Kameratasche in seinen Mantel gleiten. Schwer war sie, also wohl nicht leer. Vor Aufregung schlug ihm das Herz im Hals, aber er beherrschte seine Neugier und legte erst einmal mindestens einen Kilometer zwischen sich und den Platz. Dann schlüpfte er in die Nische zwischen Jakobikirche und Müllhäuschen, hockte sich auf einen Stapel Altpapier und zog seinen Fund heraus. Mit zitternden Fingern zerrte er am Reißverschluss.

Donnerwetter. Auf den ersten Blick ein feines Apparätchen. Er musterte die winzigen Tasten und Regler und fand den Anschalter. Das Objektiv fuhr aus, das Display wurde hell und zeigte gestochen scharf die schmutzige Wand des Müllhäuschens und eine Menge Anzeigesymbole drum herum.

Donnerwetter. Er probierte den Zoom, hielt das handliche Dingelchen in verschiedene Richtungen und beobachtete, wie das Display sich jeweils scharf stellte. Verdammt feines Apparätchen. Als er die schon gespeicherten Fotos abrief, schüttelte er verächtlich den Kopf. Die üblichen Touristenmotive, und dann auch noch beliebig schief oder unscharf. Da sollte die Alte doch besser Postkarten kaufen und das Fotografieren den Profis überlassen.

Profi, das war *er*, war er mal gewesen. Das war zu einer Zeit, wo Fotografieren noch richtig Handwerk war, und er, er hatte aus allen Motiven das Ultimative herausgeholt, hatte mit Blende und Belichtungszeit gezaubert und noch dem müdesten Brautpaar ein Strahlen verpasst. „Das Auge" hatte man ihn genannt, und der Spitzname war ihm geblieben, auch wenn seine heutigen Kumpane die Bedeutung nicht mehr kannten.

„Das Auge" hatte vor allem in der Landschaft, aber auch im Großstadtdschungel unfehlbar die wirklich lohnenden Motive erkannt und brillant festgehalten. Vielleicht hätte er sich noch einen unsterblichen Namen gemacht, der Man Ray des 21. Jahrhunderts sozusagen, wenn er nicht alles verzockt hätte, sein Einkommen, seine Ersparnisse, das Geld von Freunden, die er natürlich danach nicht mehr hatte.

Und jetzt dieser Fund – das war ein Gottesgeschenk. Nicht, dass er an Gott glaubte, aber ein besseres Wort fiel ihm nicht ein. Er überlegte. Es gab da diesen Fotowettbewerb, er hatte die Plakate gesehen, Blumen, Rosenblüten und so. Eigentlich ein albernes Thema, aber man konnte aus allem etwas machen. *Er* konnte. Wenn er sich da jetzt beteiligte? Er hatte noch immer, er *war* noch immer „das Auge".

Er machte sich auf in den Park, zu den Rosenhängen. Die Sonne stand schon schräg, aber Gott sei Dank auf der richtigen Seite. Er suchte die schönsten, verheißungsvollsten Blüten, frisch aufbrechende Knospen neben angedeutetem Verwelken, gab ihnen die wildesten Perspektiven und Winkel, turnte am Hang herum wie in alten Zeiten und knipste, knipste, knipste. Ganz ruhig waren seine Finger jetzt, ganz klar und scharf das Auge.

Irgendwann hielt er aufatmend inne und betrachtete prüfend den Sonnenstand. Wenn er sich beeilte, bekam er vielleicht noch eine Seerose drauf, die am unteren Teich mussten jetzt blühen. Er stolperte den Hang hinunter, die Kamera wieder in der Manteltasche.

Am unteren Teich sah er sie sofort, wie sie ihre makellos weißen Blätter den Sonnenstrahlen entgegenstreckten, wie sie gleich edlem Porzellan auf dem grünen Blattteppich schwebten, der Sonne ihre goldene Mitte zugewandt. Vor allem eine, die gar nicht weit weg war vom Ufer, die nahm er aufs Korn. Die Sonne stand seitlich, kein Gegenlicht, das müsste klappen. Er suchte sich einen guten Stand möglichst nah am Ufer, er konnte nicht riskieren, sein einziges Paar Schuhe im Wasser zu verderben. Dann spielte er mit dem wirklich unglaublichen Zoom herum.

Ein kleines bisschen näher müsste er noch kommen, nur ein kleines bisschen. Dort, die Steine am Wasser, die sahen ideal aus. Er kletterte auf den flachsten davon und visierte die Seerose erneut an, hob die Kamera etwas höher, schob die Arme etwas weiter vor, konzentrierte sich auf das Display. Schon toll, das Ding nicht mehr vors Auge halten zu müssen. Und so klein waren die Apparate heute, fabelhaft.

Da hörte er laute Schritte und Rufe.

„Halt, haltet ihn, da, da, haltet ihn!"

Seine Hände wurden feucht, die Kamera entglitt ihnen, und er machte einen Satz, um sie zu halten. Sie sprang von seinen Fingern ab, sein rechter Fuß glitt vom Stein, er ruderte mit beiden Armen in der Luft, rutschte auch links ab und fiel kopfüber in den Teich, dessen Boden an dieser nicht besonders tiefen Stelle von Steinen übersät war. Einer davon war das letzte, was Das Auge in dieser Welt wahrnahm.

Etwa 20 Meter entfernt übergab ein hilfsbereiter Mitmensch einen Rucksack seiner Besitzerin, die ihn zum Dank zu einem Kaffee einlud. Der Taschendieb war schon verschwunden.

Schmiede Am Hof

Fast 20 Uhr, jetzt würden wohl keine Kunden mehr kommen. Klaus Amhoff nahm seinen Schlüsselbund, trat an die Ladentür und spähte, wie es seine Gewohnheit war, noch einmal die Schlossallee hinunter, zum Markt, und hinauf, zum Schloss. Da klingelte hinter ihm das Telefon. Er drehte sich um und griff nach dem Hörer, bevor die Anlage den abendlichen Anrufbeantworter einschalten konnte.

„Goldschmiede Am Hof, was kann ich für Sie tun?"

Knacken, Rauschen, sehr entfernt eine Stimme, verzerrt und abgehackt.

„Hallo! Hallo, wer ist denn da? Sprechen Sie bitte deutlicher!"

„Gold und Silber lieb ich sehr" – die Ladenklingel ließ ihre Melodie ertönen, und als Klaus aufschaute, nahm ihm schon eine schwarzbehandschuhte Linke den Schlüsselbund aus der Hand, während die zugehörige Rechte den Telefonhörer ergriff und auflegte.

Dunkle Kleidung, schwarzer Hut. Die Gestalt hatte ihm schon wieder den Rücken zugedreht und verriegelte die Ladentür. Dann ein Satz zum Lichtschalter hinten – der Fremde, von dessen Gesicht Klaus nur eine dunkle Brille und einen ebensolchen Bart wahrnahm, musste sich auskennen. Er dimmte das Ladenlicht auf ein Minimum.

„Die Einnahmen", hörte Klaus eine leise, raue Stimme, „und keine Polizei."

Der Mann hatte plötzlich ein Klappmesser in der Rechten, mit dem er auf das Telefon wies, während die Linke, die noch immer Klaus' Schlüssel hielt, eine gefaltete Tasche aus der Jacke hervorzerrte. Klaus starrte die Szene an, als liefe sie auf einer Leinwand ab.

„Die Einnahmen", wiederholte der Mann, noch immer leise, aber schärfer.

„Aber – äh – da sind keine", stotterte Klaus.

Der Besucher wies auf die altmodische Registrierkasse am Ende des Ladentischs. „Öffnen."

Klaus hob beide Hände. „Verschlossen. Den Schlüssel haben Sie."

Der Mann stutzte kurz, umrundete den Tisch und Klaus, ohne den Blick von ihm zu lassen. Dann betastete er die Schlüssel in seiner Hand, warf einen kurzen Blick auf das Kassenschloss und probierte ein paar Schlüssel aus. Beim dritten hatte er Glück, und die Kasse sprang auf. Der Mann warf einen kurzen Blick hinein, griff sich ungeduldig das wenige Wechselgeld und schob die Lade wieder zu.

„Wo sind die Einnahmen?"

„Da sind keine, so glauben Sie mir doch!"

„Tresor öffnen!" Der Mann winkte Klaus mit dem Messer in den hinteren Raum, wo die Werkstatt war. Klaus ging zum Tresor, der gut sichtbar an der Wand stand, und gab die Zahlenkombination ein. Dann zog er die Tür auf und trat beiseite. Der Besucher musterte den Schrankinhalt: Ordner, Mappen, einige Schachteln.

„Raus, auf den Tisch, öffnen", kommandierte er.

Klaus tat folgsam, was von ihm verlangt wurde und versuchte dabei, einen Umschlag unauffällig in einer Mappe mit Entwürfen verschwinden zu lassen.

„Halt", griff der Fremde sofort ein, „was ist da drin?"

Seufzend enthüllte Klaus zwei 50-Euro-Scheine, die der Mann in seine Tasche gleiten ließ. „Die Schachteln", sagte er dann.

Klaus öffnete eine nach der anderen. Einige Ringrohlinge, Bergkristalle, Drusen. Der Besucher griff nach allem, warf es in die Tasche, schaute sich in der Werkstatt um und sagte: „Schaufenster."

„Hören Sie", sagte Klaus gequält, „das ist Deko, das sind Imitate, ein paar Zehner wert. Einfach nur gut gemacht, aber kein

Wiederverkaufswert. Und wenn ich da jetzt anfange auszuräumen, dann fällt das draußen richtig auf."

Der Fremde atmete tief, er schien kurz vorm Platzen zu stehen. Das Messer blitzte bedrohlich in dem spärlichen Licht.

Klaus schlug vor: „Einen Tee?" Er hob wieder die Hände und fügte hinzu: „Ist keine Falle. Hier hinten ist kein Telefon."

Da der Fremde nicht reagierte, ging Klaus langsam zum Wasserkocher, füllte ihn und schaltete ihn ein. Er holte zwei Teebeutel aus einer Dose und hängte sie in die Glaskanne. Der Fremde beobachtete ihn. Als Klaus sich umdrehte und ihn anschaute, sagte er: „Ich hab den Laden wochenlang beobachtet. Sie wollen mir nicht weismachen, dass Sie keine Einnahmen haben. Und kein Gold und so."

Seine Stimme klang erschöpft, immer noch rau, aber er gab sich keine Mühe mehr, leise zu sprechen. Klaus antwortete: „Ich mache Auftragsarbeiten. Hier ist nur Geld, wenn gerade ein Kunde etwas abgeholt hat."

„Aber es kamen Kunden mit Schachteln heraus", entgegnete der Mann.

Klaus goss langsam das heiße Wasser auf die Teebeutel und schaute zu, wie es sich golden färbte.

„Ist grüner Tee. Kein sprudelnd kochendes Wasser und nur zwei Minuten ziehen."

Er zog die Teebeutel heraus, ließ sie abtropfen und warf sie in das kleine Becken. Dann nahm er zwei Tassen vom Brett darüber und goss den Tee ein.

„Zucker?", fragte er höflich.

„Geld. Und Gold."

Klaus hob die Schultern und ließ sie wieder fallen.

„Wie gesagt, Auftragsarbeiten", erklärte er. „Material nur, wenn ich an einem Auftrag arbeite, Geld nur, wenn gerade welches hereinkam."

„Und die Kunden heute?"

„Tja, das war was Größeres. Kartenzahlung."

Der Fremde atmete geräuschvoll aus und griff zitternd nach einer Teetasse. Das war etwas mühsam, da er das Klappmesser noch in der Hand hatte.

„Wollen Sie das Messer nicht ablegen beim Trinken?", fragte Klaus höflich.

Der Mann machte einen Satz rückwärts in Richtung Laden. „Das könnte Ihnen so passen. Dann nehmen Sie es."

Klaus lachte, ein kleines, trauriges Lachen. „Das mag schon sein, aber ich bin für Gewalt völlig ungeeignet. Deshalb habe ich ja auch die alte Schmiede in eine Goldschmiede umfunktioniert. Für traditionelles Schmiedehandwerk braucht man Kraft, mitunter sogar gewaltige. Völlig ungeeignet, sage ich Ihnen."

Der Mann schlürfte ungeschickt aus der Teetasse und schob dabei mit dem Messer seinen Hut hoch.

„Setzen Sie sich doch", sagte Klaus und hockte sich mit der anderen Teetasse auf die Werkbank. „Trinken Sie in Ruhe, und gehen Sie dann mit den 100 Euro, das ist ja schließlich auch was. Und die Rohlinge, die sind auch ein paar Hunderte wert. Die kann man auch ganz gut verkaufen. Sagen Sie einfach, die sind aus einem Nachlass. Kann kein Mensch zurückverfolgen."

Der Besucher stellte die Tasse ab, klappte das Messer ein und steckte es in die Jacke. Er schaute in seine schwach gefüllte Tasche und noch einmal in der Werkstatt herum.

„Das war's dann wohl", sagte er, wieder sehr leise.

„Trinken Sie ruhig aus", antwortete Klaus.

Der Fremde warf ihm noch einen Blick zu, dann ging er zur Ladentür, schloss sie auf, wobei er den Schlüssel stecken ließ, und verschwand in der Nacht.

Klaus Amhoff verriegelte die Tür hinter ihm und nahm das Telefon, um die Polizei anzurufen.

„Ein Überfall in der Goldschmiede Am Hof", meldete er. „Es müsste der Schreibwarenhändler von gegenüber gewesen sein, der Stimme nach zu schließen. Trotz Hut und Bart und Brille, ich bin mir sicher. – Nein, es ist mir nichts passiert. – Nein, er hat fast nichts erbeutet, ich habe vorgesorgt. Aber vielleicht ist es besser, Sie ziehen ihn doch aus dem Verkehr. – Ja, ich warte."

Klaus legte auf und ging zurück zu seinem Tresor. Er schloss ihn sorgfältig und tippte eine neue Nummernkombination ein. Danach ließ sich der ganze Tresor von der Wand wegdrehen. Dahinter lag ein langer schmaler Raum mit Regalbrettern. Klaus schaltete kurz das Licht ein und warf einen prüfenden Blick auf die Regale mit Goldschmuck, Juwelen und einer schweren Kassette. Dann schloss er den Raum wieder und codierte das Nummernschloss neu.

Der Blick

Die Baustelle macht mich fertig. Den ganzen Sommer, von morgens sieben bis abends sieben, von Montag bis Samstag. Lärm, Staub, sobald ich Balkontür oder Fenster öffne, Staub, der sich in allen Ritzen festsetzt und wiederum Lärm in Form des Staubsaugers fordert. Es macht mich fertig. In einer Einzimmerwohnung kann man auch nicht ausweichen, weder zum Lüften noch zum Schlafen.

Ich wohne im vierten Stock, und inzwischen ist dieses Nachbarhaus schon genauso hoch gewachsen. Das Baugerüst kann ich praktisch mit den Händen greifen. Wenn ich mich überhaupt noch auf meinen Balkon hinauswage. Nun, wo der Sommer vorbei ist und der Balkon in erster Linie als Aufbewahrungsort für Sportgeräte dient, ist das nicht mehr so bedauerlich.

Vorgestern war Feiertag. Ausschlafen, kein Baulärm. Erst mal recken und strecken, etwas Gymnastik auf dem Teppich. Herrlich. Ein Blick durch die Fensterscheiben zeigte mir, dass es draußen eher neblig war, und dann erstarrte ich.

Da stand eindeutig jemand, da stand jemand auf meinem Balkon. Ein Mann, hatte es den Anschein. Zwei Augen fixierten mich, folgten jeder Bewegung. Nur eine Schrecksekunde, dann rannte ich ins Bad und schlüpfte zitternd in meinen Bademantel. Wie lange hatte der mich schon beobachtet? Und – wie war er dorthin gekommen?

Vorsichtig schlich ich zurück in mein Zimmer, lugte um die Türkante herum. Der Balkon war leer. Der Nebel waberte tief zwischen den Häusern, alles war grau und ruhig. Hatte ich mir die Gestalt nur eingebildet? Nein, bei allem Baustellenstress, nein. Eine ganze Weile stand ich dort, Bademantel fest am Hals zusammengehalten, und wartete. Irgendwann löste sich dann die Erstarrung, und ich ging zurück ins Bad, um mich erst einmal fertig zu machen.

Dann Kaffee kochen – bei jedem Schritt durchs Zimmer ein ängstlicher Blick auf den Balkon. Aber dort war nichts zu sehen.

Nach ein paar belebenden heißen Schlucken wurde ich mutiger. Zwei Schritte, Balkontür auf. Nichts und niemand. Ich ging den letzten Schritt durch all mein Gerümpel bis an die Brüstung und spähte hinunter. Die Katze aus dem Erdgeschoss, kaum im Nebel zu erkennen. Feiertagsstille. Allmählich verblasste mein Eindruck von der Gestalt auf dem Balkon, und ich fühlte mich sicherer. Trotzdem schaute ich bei allen weiteren Hantierungen immer wieder zum Balkon hinüber, und den Nachmittag verbrachte ich lieber im Kino.

Als ich heimkam, dämmerte es bereits. Ich zog entschlossen die Rollläden vor Balkontür und Fenster, was ich sonst höchst selten tat, weil die Wohnung dadurch noch kleiner wirkte. Aber jetzt überwog ein Bedürfnis nach Privatsphäre.

Irgendwann legte ich mich schlafen, schalt mich ob meiner Paranoia, schlief auch tatsächlich ein. Ein Geräusch weckte mich. Es war stockdunkel, nur durch einen schmalen Spalt kam Licht vom Balkon.

Ein Spalt? Die Rollläden schlossen dicht, davon hatte ich mich gestern Abend sorgfältig überzeugt. Mein Herz schlug schmerzhaft, und ich wagte nicht, mich zu bewegen. Die Tür ist zu, Dummchen, versuchte ich mich zu beruhigen, niemand kann dich hier stören.

Aber es stört dich doch schon jemand, antwortete ich mir selbst. So geht es nicht weiter! Ich stand vorsichtig, mit zitternden Knien, auf, holte den Besen aus der Ecke. Aber was damit tun? Wenn ich den Eindringling auf dem Balkon aufstören wollte, musste ich den Rollladen hochziehen, und das geschah kaum unbemerkt. Unschlüssig starrte ich auf den Spalt. Bewegte sich dahinter etwas, oder spielten mir nur meine Nerven einen Streich? Langsam, geräuschlos schlich ich zur Fensterfront. Fixierte den Spalt. Hielten ihn Finger auseinander? Nicht zu erkennen.

Da, plötzlich, verschwand der Spalt. Ich machte einen Satz rückwärts, stieß an die Stehlampe, stolperte wieder nach vorn, der Besenstiel stieß heftig ans Fensterglas, es klirrte, polterte, rumpelte, der Krach schien überall zu sein – dann Stille. Oder – war da ein Schrei gewesen?

Als ich mich etwas beruhigt hatte, zog ich mich an der Fassung der Balkontür hoch und betastete die Scheibe da, wo ich den Spalt bemerkt hatte. Tatsächlich, da war ein Sprung. Mein Besenstiel hatte sein Möglichstes getan. Aber die Scheibe hatte standgehalten, was mich irgendwie beruhigte. Ich legte mich wieder schlafen, den Besen in Reichweite.

Am Morgen danach hellte eine blasse Herbstsonne den Nebel ein wenig auf. Ich war früh aufgewacht, der übliche Baustellenlärm sorgte schon dafür, hatte vorsichtig den Rollladen hochgezogen, den leeren Balkon mit den ungenutzten Gerätschaften gemustert, deren Unordnung von Tag zu Tag zu wachsen schien, auch den Sprung in der Scheibe inspiziert. Dann hatte ich mich für den Tag gerüstet und war zur Arbeit gegangen. Unten standen noch mehr Autos vor der Baustelle als sonst, sogar ein Polizeiwagen war darunter. Abends konnte ich mir misstrauische Blicke hinaus nicht verkneifen und ließ vorsichtshalber die Rollläden frühzeitig herunter.

Heute fühlte ich mich schon wieder entspannter. Im U-Bahnhof holte ich mir einen Extrakaffee, um das Ganze hinunterzuspülen, und las erst einmal die Schlagzeilen der Tageszeitung.

„Mann von Baugerüst gestürzt. Schwarzarbeit am Feiertag? – Unerklärlich ist der Fund eines Toten am Fuß des Baugerüsts in der Goethestraße gestern Morgen. Die Baufirma bestreitet, ihn unter Vertrag gehabt zu haben."

Achter Teil: Zwischen den Jahren – Weihnachtszeit

Das Jahresende weckt in vielen Menschen Nostalgie oder Hysterie. Man will anlässlich des Weihnachtsfests alles richtig machen, alles so „wie früher", alles für die Familie. Und dann, am letzten Tag des Jahres, will man die Weichen stellen für einen Neuanfang.

Beides gelingt nur selten.

Ich persönlich habe ein sehr gemischtes Verhältnis zu dem, was aus unserem Weihnachtsfest geworden ist. Trotzdem lassen sich immer noch Spuren dessen finden, was, so sagt die Bibel, damals „den Menschen seiner Gnade" verheißen wurde.

Erstaunlicherweise regt mich der vorweihnachtliche Konsumrummel fast jedes Jahr wieder dazu an, eine Geschichte zu schreiben, oft eine des „Trotzdem".

Advent heißt Ankunft

Ende der Siebziger habe ich „rübergemacht", wie das damals hieß. Ich war noch ziemlich jung, und es war nicht das rühmlichste Kapitel meines Lebens, eher eines, das sich lohnt, totzuschweigen. Jedenfalls habe ich Glück gehabt: Ich lebe. Aber hier anzukommen, in dem, was uns drüben als das Gelobte Land erschien (ohne dass wir uns klar gemacht hätten, woher der Begriff kam), war nicht leicht. Damals gab es noch keinen Applaus, keine offenen Arme, eher ein „sieh zu, wie du klar kommst". Woher ich kam, hörte man schon an meiner Sprache, und die Menschen hier beeilten sich, mir zu erklären, dass sie nichts zu verschenken hätten, dass es galt, sich alles zu erarbeiten. Meine Ausbildung war auch nicht ganz passend zu dem, was hier erwartet wurde, aber irgendwie ging es, und mit der Zeit hatte ich mein Auskommen.

Meine Eltern haben es drüben nicht leicht gehabt, denn sie waren Christen. Das war ein unerwünschter Verein, nicht passend zu sozialistischen Zielen. Meine Mutter hatte mich taufen lassen, und sie war es auch, die mich in den Grundzügen meiner Religion unterrichtete. Sie erzählte von den Evangelien und von den jährlich wiederkehrenden Feiern, die sich daraus ableiteten. Oft genug habe ich gar nicht richtig zugehört. Gott hat uns seinen Sohn geschickt, erzählte sie, das feiern wir an Weihnachten. Und er ist für uns gestorben, das feiern wir an Ostern. Irgendwann, ich war etwa 15, habe ich dann geantwortet: „Also stimmt es, dass Gott tot ist." Heute weiß ich, dass ich meine Mutter damit sehr verletzt habe. Jedenfalls hat sie danach aufgehört, mich religiös zu unterweisen, was mir ganz recht war.

In den ersten Jahren hier, als es mir kaum gelang, in meinem neuen Leben Fuß zu fassen, als jeder um mich herum jemanden zu haben schien, nur ich nicht, in diesen Jahren habe ich mich oft an Worte der Bibel erinnert. Es wunderte mich selbst, wieviel mir davon noch einfiel. Da war die Geschichte vom verlorenen Sohn – tröstlich für die, die zurückkönnen; ich wusste nicht einmal, ob meine Eltern dafür büßen mussten, dass ich geflohen war. Da war die Radikalität der Nachfolge – wer nicht seine Familie verlässt, kann Jesus nicht nachfolgen. Nun, genau das hatte ich getan, wenn auch aus anderen Gründen. Und mein Lohn? Wo war Jesus?

Als Mensch mit viel Zeit zum Nachdenken sagte ich mir, dass ich ihm vielleicht zeigen musste, dass ich alles verlassen hatte, dass ich vielleicht eine Chance hätte, es nur noch nicht wusste.

Also besuchte ich an einem grauen Dezembersonntag eine Kirche. Kerzen, Orgelbraus, Bänke ohne Ende, darin stehende, sitzende, kniende Menschen – allerdings erstaunlich wenige. Ich schaute mich um und setzte mich dann in eine Bank. Der Priester vorn – zumindest nahm ich an, er sei einer – trug ein altmodisch festliches Gewand. Er war umgeben von Kindern, die ganz ähnlich gekleidet waren und denen die Sache Vergnügen zu machen schien. Erstaunlicherweise setzten sich gerade alle hin, auch der Priester, und stattdessen trat aus einer der vorderen Bänke ein Mann, ging nach vorn zu einem Lesepult und trug mit kräftiger Stimme etwas aus dem Buch vor, das da lag. Es war wohl eine Bibel, denn der Text kam mir vage bekannt vor und erinnerte mich an die Geschichten meiner Mutter. Es ging um Freude, Jubel, Wüste, Befreiung. Mit Befreiung konnte ich etwas anfangen, mit Wüste als Synonym für mein altes Leben auch, aber der Jubel wollte nicht aufkommen. Auch fiel es mir schwer, mich zu konzentrieren.

Nach einer Weile standen alle auf und sangen Halleluja. Dann ging der Priester selbst zum Lesepult und las noch einmal einen Text über Wüste, über Gefängnis, und er nannte den Namen Johannes. An diese Gestalt erinnerte ich mich. Der hatte ziemlich mutig und anspruchslos in der Wüste gelebt und vom Kommen Gottes gesprochen. Und der Staat hatte ihn machen lassen, das hatte mich beeindruckt. Aber offensichtlich war es doch nicht so einfach gewesen, sonst wäre er ja nicht im Gefängnis gelandet.

Ich war erstaunt, dass es Strafaktionen auf mutige Handlungen schon vor so langer Zeit gegeben hatte.

Der Priester brachte das Buch zu einem Extrapult, die Gemeinde setzte sich. Dann trat er erneut ans Mikrofon und sprach: „Der Prophet Jesaja, von dem wir in der ersten Lesung gehört haben, hat gesagt: Das Volk, das im Dunkel lebt, sieht ein helles Licht." Das Volk, das im Dunkel lebt. In dieser Umgebung, durch eine Verstärkeranlage hervorgehoben, schienen die Worte im Raum zu schweben, in meinen Kopf zu dringen. Das Volk, das im Dunkel lebt. Waren das nicht auch wir, drüben, gewesen? Hatten wir uns nicht sehnlichst das Licht gewünscht, das wir im verbotenen Nachbarland vermutet hatten? Hatten wir nicht regelrecht *geglaubt*, dass hier das Gelobte Land, das uns versprochene, war? Lebten denn alle im Dunkel? Und – konnten alle glauben? Alle außer mir?

Wieder glitten meine Gedanken ab, und ich verglich die Trostlosigkeit meines früheren Lebens mit der aktuellen. Hoffnung, Erfüllung. Wüste, Befreiung. Wenn es doch so einfach wäre.

Als der Gottesdienst beendet war und ich die Kirche verließ, stand ich unversehens hinter dem Mann, der als erstes vorgelesen hatte. Mutig wie Johannes sprach ich ihn an. Was hatte ich schon zu verlieren?

„Entschuldigung, Sie haben diesen Text von, äh, Jesaja vorgelesen. Ich, äh ...", verflixt, was wollte ich eigentlich genau?

„Ja?" Er hatte sich zu mir umgewandt und blieb abwartend stehen. Jetzt kam es darauf an.

„Ich, ach. Wissen Sie, es ist so ... so ... besonders, diese alten Worte zu hören, und man muss nicht einmal ein Priester sein, um sie vortragen zu können. Und mit dem Lautsprecher – die Worte schweben dann so, das ist einfach ... schön", schloss ich etwas lahm. Ich hörte mich stottern und wusste immer noch nicht, was ich eigentlich sagen wollte. Nur mit jemandem reden, ankommen, hier, das wollte ich.

„Jesaja hat den Advent vorweggenommen", sagte mein Gegenüber eifrig, „Jesaja verkündet die Ankunft von Gottes Sohn. Ja, Sie haben recht, das sind starke Worte." Er lachte kurz auf. „Noch nie hat mich jemand auf die Lesung angesprochen, und ich lese schon viele Jahre!"

„Müssen Sie ... ich meine ... was ... haben Sie eine spezielle Ausbildung, um das tun zu können?"

Er schüttelte den Kopf. „So kann man das nicht sagen. Jedes Mitglied der Gemeinde kann damit beauftragt werden. Man besucht einen Kurs, das kostet nichts, das zahlt die Gemeinde, und dann muss man natürlich die Zeit aufwenden, vor allem sonntags, und das wollen immer weniger. Hätten Sie denn Lust dazu?"

Lust? Ich nickte, wortlos, sprachlos.

„Gehören Sie zur Gemeinde?"

„Ich ... weiß nicht, ich wohne da drüben in der Pestalozzistraße", sagte ich vorsichtig und setzte hinzu: „aber noch nicht lange."

„Sie sind", er suchte sichtlich nach Worten, „nicht von hier, oder?"

Ich schüttelte resigniert den Kopf. „Hört man, nicht wahr?"

Er lachte wieder, aber freundlich. „Allerdings. Aber – sind Sie getauft?"

„Bin ich!"

Zum ersten Mal in meinem Leben war ich froh darüber.

„Na, dann kommen Sie doch mal mit."

Er zog mich um die Kirche herum, wo der Priester, jetzt in normaler Kleidung, mit einigen Leuten im Gespräch stand.

„Herr Pfarrer", rief er, „wir haben hier einen Anwärter auf den Lektorendienst, was sagen Sie dazu!"

Das ist nun alles viele Jahre her. Ich bin angekommen, damals. Es ist nicht alles Gold in dieser Gemeinde, aber wo ist es das schon? Ich lese vor, etwa einmal im Monat, am liebsten immer noch im Advent, wenn Jesaja dran ist. Aber es gibt, das weiß ich inzwischen, eine Vielzahl von starken Texten in der Bibel, wenn auch ein paar, bei denen ich schlucken muss. Manchmal reden wir Lektoren über die Texte, die wir nicht mögen, und auch das macht etwas mit mir.

Ob ich an Gott glaube? Ich weiß es nicht. Niemand hat mich danach gefragt, alle haben es vorausgesetzt, haben quasi an mich geglaubt. Ob ich an Gott glaube? Ich glaube jedenfalls an die Kraft von Worten. Und irgendwo in der Bibel – ich muss mir doch mal eine kaufen – steht doch „das Wort war Gott".

Ein ganz kleines Weihnachtswunder

Vor der Tür im vierten Stock hielt er an, rückte die Mütze zurecht, strich den Bart glatt und straffte die Schultern. Dann klingelte er. Ein paar Atemzüge lang geschah nichts, dann waren leise Schritte zu hören, und die Tür öffnete sich einen Spalt breit. Er sah die dicke Metallkette und darüber ein neugieriges Auge.

„Ja, bitte?" Eine etwas zittrige Stimme.

Er räusperte sich, wechselte das Standbein und begann: „Von drauß', vom Walde komm ich her …"

Die Tür öffnete sich ein paar Zentimeter weiter, so weit, wie die Kette es zuließ. Nun waren zwei Augen zu sehen, darüber eine gerunzelte Stirn. Eine altersfleckige Hand stützte sich am Türrahmen.

„Das glaube ich Ihnen nicht", sagte die Stimme, noch immer zittrig, aber energischer. „Und überhaupt – wie sehen Sie denn aus? Sie sind ja gar kein Knecht Ruprecht. Sie sind ja ein … ein …"

„Weihnachtsmann", ergänzte er schnell. „Ja. Und ich bin zu Ihnen gesandt …"

„Von wem?", warf die alte Frau dazwischen. „Wer hat Sie denn geschickt? Ich kenne hier doch niemanden! Sind ja alle tot."

„Ich … ähm …", er wusste nicht recht weiter. Da fiel ihm ein: „Vom Himmel hoch …"

„Ach", die Frau ließ ihn wieder nicht zu Ende zitieren, „erzählen Sie das doch, wem Sie wollen."

Ihm brach der Schweiß aus. „Hören Sie", versuchte er es erneut, „ich bin wirklich zu Ihnen gesandt, speziell zu Ihnen. Schauen Sie …", er kramte in seiner Hosentasche und zog einen Zettel hervor, „hier steht es: Elisabeth Noack, Fröbelstraße 24, vierter Stock."

Eine Hand streckte sich aus der Tür und griff nach dem Zettel, hielt ihn nah vor die Augen.

„Sogar mein Name ist richtig geschrieben", sagte die Frau verwundert, „aber von wem?"

„Das war meine Chefin, die Frau Walter."

„Kenne ich nicht."

„Ich meine, die das geschrieben hat. Das ist eine Agentur. Die Kunden rufen an und buchen einen Nikolaus, der zu einer bestimmten Adresse gehen soll."

„Sie sind aber kein Nikolaus, sondern ein Weihnachtsmann. Diese ulkige Mütze ist doch kein Bischofshut. Weiß das denn niemand mehr?"

„Sie haben nur diese Kostüme in der Agentur", sagte er leise, „und die Engelsgewänder für die Mädchen."

„Wenigstens hat man mir keinen ulkigen Engel geschickt. Sicher mit goldenen Haaren und Flügeln, oder?"

Er zuckte die Achseln. „Ich glaube schon."

Ein paar Sekunden standen sie sich schweigend gegenüber. Die Frau musterte ihn streng, und er wusste nicht weiter.

„Nehmen Sie mal den Bart ab", forderte sie schließlich. „Der ist doch nicht echt, oder?"

Er griff danach und zog ihn langsam herunter. Sie studierte sein Gesicht. Zu guter Letzt schob sie die Tür zu, die Kette klapperte, und dann ging die Tür weit auf.

„Na, dann kommen Sie mal herein", sagte die Frau, jetzt sehr viel freundlicher, „Sie sehen aus, als könnten Sie eine Tasse Tee gut gebrauchen. Oder lieber Kaffee?"

Sie drehte sich um und ging durch eine Tür auf der rechten Seite. Im Türrahmen drehte sie sich noch einmal um, winkte ihm und sagte: „Kommen Sie, kommen Sie. Aber machen Sie die Wohnungstür zu, es zieht."

Er gehorchte und betrat hinter der Frau eine kleine Küche. Sie hantierte mit einem Wasserkocher und wies mit dem Kopf zu dem einzigen Stuhl, der zwischen dem Fenster und einem Tischchen stand.

„Also?"

„Wie bitte?"

„Kaffee oder Tee? So setzen Sie sich doch! Wie heißen Sie eigentlich?"

„Ähm … gern Tee. Und – wo sitzen dann Sie?"

Sie füllte einen Teefilter und redete weiter: „Ich stehe gern. Im Alter sitzt man ohnehin viel zu viel herum. Aber Ihren Namen haben Sie mir immer noch nicht gesagt. Schließlich wissen Sie ja auch meinen."

Er zögerte kurz, dann sagte er: „Rupert."

„Es heißt Ruprecht", korrigierte sie prompt.

„Nein, nein", beeilte er sich zu erklären, „ich heiße wirklich Rupert. Und Koch. Also mit Nachnamen."

Sie goss das kochende Wasser in die Teekanne und stellte ihm eine Tasse hin.

„Trinken Sie nichts?"

Sie musterte ihn kurz, dann holte sie Zucker, Milch und eine zweite Tasse und sagte nebenher: „Jetzt nehmen Sie doch mal diese Mütze ab. Und den Bart tun Sie ganz weg, sonst muss ich noch lachen."

„Lachen tut gut", antwortete er leise. „Es macht mir nichts, wenn Sie über mich lachen."

Sie stützte sich mit beiden Händen auf den Tisch und studierte wieder sein jetzt bart- und mützenfreies Gesicht.

„Sie sind ja gar nicht mehr so jung", sagte sie dann, „ich hätte gedacht, Sie sind Student oder so was. Machen das nicht Studenten, das, was Sie hier machen?"

„Ich bin arbeitslos", sagte er noch leiser, „ich mache ziemlich viel für ein bisschen Geld."

Sie goss den Tee ein und schob ihm seine Tasse zu.

„Ich habe mein ganzes Leben lang gearbeitet. Hab nicht viel verdient, aber es hat gereicht. Die Rente – na ja, reicht auch. Vor allem bin ich froh, dass ich nicht heute auf den Markt muss. Also den Arbeitsmarkt meine ich. Das ist heute alles … so anders, so schwierig geworden. Stimmt's?"

Er nickte und trank einen Schluck. „Schmeckt sehr gut", sagte er dann.

„Wissen Sie", sagte die Frau und hob ihre Tasse, „ich sehe nicht mehr gut. Aber ich höre noch gut. Ist bei den meisten Alten anders herum. Und ich höre, dass Ihre Stimme zittert. Wann haben denn Sie das letzte Mal gelacht?"

Erstaunt sah er auf. Sie lächelte ihn an, dann trank sie ihren Tee, Schluck für Schluck.

„Nun?", fragte sie.

Er war verwirrt. „Was?"

Sie winkte ab und verließ das Zimmer mit eiligen Schritten. Kurz darauf kam sie zurück mit einem abgegriffenen Buch.

„Hier", sie hielt es ihm hin. „Geschichten zum Schmunzeln. Und Gedichte. Ich kann es nicht mehr recht lesen. Aber Sie!"

Er griff zögernd nach dem Buch. Sie nickte ihm auffordernd zu. „Egal, was. Fangen Sie irgendwo an."

„Ich soll ... Ihnen vorlesen?"

Sie nickte und strahlte vor lauter Vorfreude.

Er holte tief Luft und räusperte sich, blätterte ein wenig hin und her und fing dann an einer Stelle an, die ihm bekannt vorkam. „Ritter Fips und das Zahnweh ..."

Sie lehnte sich an den Küchenschrank, schloss die Augen und hörte zu. Nach jedem Gedicht, jeder Geschichte nickte sie ihm aufmunternd zu, und hin und wieder goss sie Tee nach. Sie schmunzelten, lachten, seine Stimme wurde mutiger. Die Zeit verging, und als im Nachbarzimmer eine Uhr schlug, sah er erschrocken auf. „Oh, ach, ich sollte längst ..."

„Entschuldigen Sie, ich hab gar nicht darüber nachgedacht, dass Sie noch anderes zu tun haben."

Sie stand auf und ging voraus zur Wohnungstür.

„Natürlich, natürlich. Gehen Sie nur. Und haben Sie vielen, vielen Dank. Vielleicht – mögen Sie einmal wiederkommen? Sie wissen ja jetzt, wo ich wohne. Und ich bin eigentlich nachmittags immer da."

Er hatte sich hastig die Mütze wieder aufgesetzt und den Bart festgesteckt. Sie musterte ihn kritisch und zupfte ein wenig an seinem Bart herum. Dann schob sie ihn hinaus. Er rannte die Treppe hinunter und rief über die Schulter zurück: „Danke, danke für den Tee! Und alles!"

Sie schaute ihm nach, immer noch lächelnd. Erst als die Haustür zuschlug, fiel ihr ein, dass sie noch immer nicht wusste, wer ihn geschickt hatte.

Noch eine Weihnachtsgeschichte

Ich kann es nicht mehr hören. Spenden Sie hier, spenden Sie da. Schenken leicht gemacht, Geschenke online, Geschenke im FC-Bayern-Fan-Shop. Papas Geschmack getroffen, Mamas Augen strahlen, kein Wunsch bleibt unerfüllt. Ich kann es nicht mehr hören.

Und dann die Grüße! Per E-Mail, per Post, per-sönlich. Frohes Fest, Fröhliche Weihnachten, Guten Rutsch. Was für ein Schwachsinn. Denkt jemand mal darüber nach, warum wir denn rutschen sollen? Und woher wir die Festtagsfreude holen sollen? Nein, danke, bitte kein Weihnachtsfest für mich.

Noch wenige Tage, und nach dem Abzug von Miete, Strom, Telefon bleiben – vielleicht noch ein paar Euro für jeden. Skier für Jonas, Stiefel für Lissy? Womit denn, bitte? Die Eltern sagen: „Keine Geschenke", aber in ihren Augen steht das Gegenteil. Kein Wunder, sie haben selbst nicht viel. Die Kinder sagen wenigstens ehrlich, dass sie sich etwas wünschen. Aber womit soll ich es zahlen?

Arbeit, einkaufen, heim, putzen, kochen. Ach du Schreck, ein Weihnachtsessen muss ja auch noch her, und Süßes – na, dann bleibt nur das Sparbuch für die Geschenke. Aber dann bleibt der Sommerurlaub auf der Strecke. Wie mache ich das den Kindern klar? Sie lieben die zwei Wochen am See. Wärme, halbnackt herumlaufen, Eis essen, Krach machen, der niemanden stört. Das nennt man eine Zwickmühle.

Himmeldonnerwetter, wo ist mein Schlüssel? Die ganze Tasche habe ich schon durchsucht, alle Kleidertaschen – stehe ich jetzt etwa vor verschlossener Wohnung und muss auch noch einen Schlüsseldienst bezahlen?

„Ach, Frau Schaftinger, warten Sie!"

Frau Baur, die Nachbarin. Was will denn die?

„Frau Schaftinger, hier, das ist doch Ihr Schlüssel, oder? Er steckte heute Morgen an der Wohnungstür, und da niemand auf

Klingeln reagiert hat, dachte ich mir schon, dass Sie ihn beim Weggehen vergessen haben. Frohe Weihnachten Ihnen allen!"

Sprachlos starre ich abwechselnd auf den Schlüsselbund und der Nachbarin hinterher. Längst ist sie außer Sicht. Wie sie gestrahlt hat, als sie mir den Schlüssel in die Hand gedrückt hat! Erleichtert betrete ich die Wohnung.

„Mami, Mami!" Jonas steht vor der Tür, atemlos wie immer. „Stell dir vor, Mami, unsere Klasse macht morgen Weihnachtsfeier, mit Plätzchen und Kinderpunsch! Und wir sollen doch bitte alle …"

… Geld dafür mitbringen, was sonst.

„… eine Tasse und einen Teller oder eine Serviette mitbringen! Kriege ich eine von den roten Servietten von letzten Weihnachten? Die waren sooo schön!"

„Klar, warum nicht, da müssen noch ein paar in der Schublade sein. Aber sag mal, was musst du denn als Kostenanteil mitbringen?"

„Kostenanteil? Nichts, sie hat nichts gesagt. Ich schau mal nach den Servietten. Und die rote Tasse, die von Oma, die nehme ich dann auch mit, ja? Ich passe auch gut auf sie auf, bestimmt!"

Weg ist er. Nichts dafür zahlen? Wenn das mal stimmt!

Es klingelt an der Wohnungstür. Lissy? Nein, draußen steht ein fremdes Kind mit nassen Haaren und verweinten Augen.

„Na, wer bist denn du?", frage ich erstaunt.

Das Kind schluckt und sagt, die Stimme zittert ganz leicht: „Ich bin der Tobi. Von Nummer 14. Nebenan. Wir wohnen da noch nicht lange. Äh, guten Tag. Kann ich vielleicht – also, ich hab gesehen, wie hier ein Junge hineinging und bin hinterher. Und er ging dann hier in eure Wohnung. Und … und dann habe ich überlegt. Kann ich vielleicht hier warten, bis Papa heimkommt? Ich habe nämlich noch keinen Schlüssel, aber heute war früher Schluss. Und es regnet so arg." Die erste Träne kullert.

„Um Himmels Willen, komm nur rein, das ist doch kein Problem. Magst du einen Apfelsaft? Jonas! Komm mal, wir haben Besuch!"

Jonas beschnuppert den Gast zuerst sehr zurückhaltend, aber nachdem ich beiden Saft eingeschenkt und mit Tobi ein bisschen geredet habe, sind beide aufgetaut. Jetzt haben sie ihr Thema: Fußball. Ich atme auf und versorge erst mal das schmutzige Frühstücksgeschirr. Oh, auch das noch, Brot ist ausgegangen. Nichts wie los, einkaufen.

„Jonas, kann ich euch eine halbe Stunde allein lassen? Wenn es klingelt, Kette vorlegen. Nur Lissy und Tobis Papa darfst du hereinlassen, ist das in Ordnung?"

„Klaaar!", kommt es großspurig zurück. Ich bin erleichtert, er hat zugehört.

Unter dem Vordach des Supermarkts treffe ich auf zwei dunkelhäutige Männer, die in ein Gespräch vertieft sind. Eine fremde Sprache, eindeutig. Aus der Flüchtlingsunterkunft, nehme ich an. Ich mache einen Bogen um sie. Fast bin ich schon vorbei, da dreht sich einer von ihnen um und sagt deutlich, wenn auch mit starkem Akzent: „Frohe Weihnachten, Frau!"

Ich bleibe stehen und schaue die beiden an, vermutlich mit sehr törichtem Gesichtsausdruck. Beide lachen mich an, und nun wiederholt es auch der zweite, ganz langsam: „Fro-che Bei-nacht."

„W! Weih-nach-ten!", verbessert ihn der erste sorgfältig.

„Weih-nach-ten. Fro-che Weih-nach-ten!" kommt es vergnügt aus dem Mund des anderen.

„Deutschkurs!", fügt der erste noch hinzu. „Gut!"

Ich nicke, lache sie meinerseits an und gebe zurück: „Auch Ihnen frohe Weihnachten!"

Als ich zurückkomme, finde ich vor meiner Wohnungstür einen Mann, der stirnrunzelnd einen Zettel und den Namen an unserer Tür mustert.

„Sind Sie Frau Schaftinger?", fragt er zögernd.

„Ja. Und Sie?", gebe ich kühl zurück.

„Burkart. Mein Sohn Tobias hat mir einen Zettel unter die Wohnungstür geschoben. ‚Bin in Nummer 12, wo das Kind reingeht'. Haben Sie eine Ahnung, wie viele Kinder in diesem Haus wohnen?"

Ich muss lachen. „Oh je, das habe ich gar nicht überlegt, wie Sie uns wohl finden. Tobi ist hier bei uns. Und Sie haben alle Nachbarn schon durchgeklingelt?"

„Nicht alle. Die Dame im Erdgeschoss hat mir gesagt, dass es hier drei Familien mit Kindern gibt. Sie sind die auf dem obersten Stockwerk."

„Es tut mir Leid, wirklich. Da habe ich nicht mitgedacht. Kommen Sie herein, Tobi hat nur Schutz gesucht vor dem Regen."

Die Jungs sind inzwischen dazu übergegangen, selbst Fußball zu spielen, auf dem Flur. Der Schirmständer ist schon umgefallen, der Rest sieht noch einigermaßen gut aus. Der Ball kommt uns entgegen, und Herr Burkart stoppt ihn elegant mit dem Fuß.

„He, du Abenteurer", ruft er seinem Sohn zu.

„Papa!" schreit der begeistert. „Das hier ist Jonas, und er liebt Fußball!"

„Das sieht man." Zu mir gewandt, fügt Herr Burkart hinzu: „Hoffentlich hat es Ihnen keine Umstände gemacht?"

Ich schüttele den Kopf. Hinter mir die Türklingel zeigt Lissy an. Ich lasse sie herein und stelle alle einander vor.

Herr Burkart fährt fort: „Meine Frau ist im Krankenhaus, und ich habe sie noch schnell besucht. Sie kommt hoffentlich Weihnachten heim. Damit sie wenigstens ein bisschen feiern kann, es ist alles etwas schaumgebremst dieses Jahr." Er lacht, etwas kläglich. „Alles etwas durcheinander. Umzug, Unfall, na ja, eben alles. Und Geschenke … na ja. Haben wir drüber gesprochen, Tobi, was? Nur was Kleines diesmal."

Tobi nickt und strahlt. Strahlt Jonas an, seinen Papa, Lissy, mich.

Spontan nutze ich die Gelegenheit und sage: „Bei uns auch nur was Kleines, fürchte ich. Ist das in Ordnung, Kinder?"

Zwei große erschrockene Augenpaare. Tobi aber sagt: „Ach, ihr seid das! Ich hatte schon Angst gehabt, alle kriegen tolle Sachen, nur ich nicht. Und Papa sagt immer, es gibt auch andere Kinder, die nicht viel kriegen. Jetzt bin ich froh, dass ihr das seid!"

Meine beiden senken verlegen die Blicke. Dann sagt Lissy auf ihre altkluge Art: „Es gibt ja auch Geschenke, die nichts kosten. Zum Beispiel mal das Klo putzen. Mache ich dann an Weihnachten für Mama."

Herr Burkart lacht und zwinkert mir zu. „Richtig! Und wenn du es Tobi zeigst, kann er es bei uns auch mal machen!"

Die Gäste verabschieden sich, und wir drei stehen etwas unschlüssig im Flur. Ich stelle den Schirmständer wieder auf und drücke Jonas den Ball in die Hand.

„Danke", sage ich zu ihm.

„Wofür?" fragt er erstaunt.

„Für deine Geschenke. Mit Tobi spielen und verstehen, dass es nicht viel zu Weihnachten gibt. Das sind tolle Geschenke. Und ich habe noch zwei gekriegt, heute. Frau Baur hat meinen Schlüssel gefunden, und ein ganz Fremder hat mir frohe Weihnachten gewünscht. Jetzt habe ich schon vier Geschenke. Ich finde, das ist ein tolles Weihnachtsfest, und dabei hat es noch nicht mal angefangen."

„Und ich putze das Klo, und ich verstehe auch, dass es nichts – nur Kleinigkeiten gibt", wirft Lissy energisch ein.

„Sechs", sage ich und bringe das Brot in die Küche.

Zum Feste das Beste

Sorgfältig zog er den blauen Pullover über, Tante Hildegards vorjähriges Weihnachtsgeschenk. Jetzt, Ende Januar, war es so kalt, dass er ein höchst willkommenes Kleidungsstück darstellte, und bei Tante Hildegards Geburtstagsfeier passte er sicher perfekt.

Weihnachten mit Eltern und Geschwistern war ja nett. Punsch und Plätzchen, Ratsch und Tratsch, Verwöhnen und Verwöhnt werden. Wenn nur die Geschenkeorgie nicht wäre! Alle sagten zu jedem Geschenk „Oh, wie schön, danke", aber was den einzelnen wirklich gefiel, stand auf einem anderen Blatt.

Tante Hildegard war, wie meistens, auch dabei gewesen, mit ihrer obligatorischen Päckchenbatterie, in aller Regel gefüllt mit Selbstgestricktem, wie dem Pullover im Vorjahr. Dieses Jahr allerdings hatte sie sich selbst übertroffen. Es gab für alle Geschwister rote Zipfelmützen mit weißem Rand und weißem Bommel. Allerliebst, wenn man zehn Jahre alt war, aber man war in den Zwanzigern.

„Oh, wie lustig, danke!", hatte er gesagt und sich das Ding brav aufgesetzt, was noch den Vorteil hatte, dass er es nicht sehen musste. Außer auf den Köpfen seiner Schwestern, deren Lächeln ungefähr so aufgesetzt wirkte wie sein eigenes. Später, als die Schwestern zu Freunden unterwegs waren und er selbst dem Glühwein reichlich zugesprochen hatte, rutschte ihm das Ding so tief in die Stirn, dass Tante Hildegard es ihm lachend wieder zurechtsetzen durfte.

„Danke", hatte er brav gesagt, und, um der doch eigentlich lieben Tante eine Freude zu machen, hinzugefügt: „Meine Freundin wird Augen machen, die wird grün vor Neid!" Er hatte die Lacher auf seiner Seite gehabt.

Nun schlüpfte er der Kälte zuliebe in seinen orangefarbenen Anorak und war froh, dass er zu diesem die rote Zipfelmütze gar nicht aufsetzen konnte, denn Tante Hildegard war sehr farbbewusst. Bei der Radiosendertauschbörse, unvermeidlich am zweiten Feiertag, hatte er seine Weihnachtsmütze auch problemlos anbieten können und eine Schlittschuhbahnkarte dafür bekommen. Das war der ideale Tausch, denn seine Freundin hatte eine solche Karte von ihrer kleinen Schwester bekommen. So konnten sie gleich nach Neujahr zu zweit laufen.

Jetzt aber los, Tante Hildegard würde sonst nervös. Er prüfte die Verpackung des Blumenstraußes, nahm die Handschuhe – Tante Hildegards Geschenk von vor zwei Jahren – und stapfte los.

„Marco, mein lieber Marco, wie schön, dass du es einrichten konntest!" Tante Hildegard ließ sich umarmen und bewunderte die Blumen. „Warte, ich hole gleich eine Vase. Geh nur ins Wohnzimmer, deine Eltern sind auch schon da. Und ich habe sogar noch eine Überraschung für dich."

Er ging ins Wohnzimmer, begrüßte Eltern, Onkel, Vetter und machte Smalltalk. Dann kam Tante Hildegard zurück, platzierte strahlend seinen Blumenstrauß auf der Fensterbank und drückte ihm ein flaches Päckchen in die Hand.

„Für mich?", fragte er überrascht. „Aber ich habe doch nicht Geburtstag!"

„Nein. Das ist eher, na, weil du das doch erwähnt hast."

Er starrte verwundert auf das Päckchen.

„Schau nur hinein, kannst dich schon mal freuen! Und dann bringst du deine Freundin auch mal mit, ja?"

Er zupfte das Einwickelpapier an einer Ecke vorsichtig auf. Feine rote Wolle kam zum Vorschein, versehen mit einem Streifchen Weiß. Ihm schwante ein Unglück, und er tastete, bis er eindeutig etwas Dickeres, Rundes fühlte. Einen Bommel. Er schluckte und blickte auf, in die Augen der alten Tante. Die nickte und lächelte, glücklich.

„Und weißt du, die musste ich gar nicht mal stricken. Mein Nachbarssohn, der Philipp, hat mir von der Radiotauschbörse erzählt, wo er seine Schlittschuhbahnkarte loswerden wollte, weil er doch eine Dauerkarte hat. Der Philipp war da gerade bei mir, am zweiten Feiertag. Er hilft mir doch immer ein bisschen. Na, da haben wir zusammen Radio gehört, und als da eine Zipfelmütze angeboten wurde, da hab ich gesagt, Philipp, tausch die Karte ein, ich zahl es dir. Er hat richtig Spaß daran gehabt. Und ich auch, ich wusste doch, dass du dich noch einmal freuen würdest. Und grüß deine Freundin schön von mir!"

Letzter Teil: Zwischen allen Stühlen

Vorsicht, jetzt wird es böse. Und satirisch. Wer das nicht mag, sollte am besten hier aufhören zu lesen.

Ich bin ein engagierter Mensch, aber leider „zwischen allen Stühlen". Bin ökologisch und nur zum Teil kompatibel zu den „Grünen", bin katholisch, aber nur zum Teil, zu einem geringen Teil kompatibel …

Es ist auch so, dass wir schreibenden Menschen immer dann böse werden, Böses schreiben, wenn wir Unrecht oder Verletzungen erlebt oder beobachtet haben.

Ich will Sie nicht langweilen. Lesen Sie weiter, oder lassen Sie es bleiben.

Utopie Zeltlager

Der Lehrerstammtisch war selten zuvor so gut besucht. Alle Kollegen, die nicht verbeamtet waren, kamen in heller Aufregung und sehr empört über die neuesten Maßnahmen der öffentlichen Hand. Gleich nach der ersten Getränkerunde ging es los.

„Nicht genug, dass wir mit Einjahresverträgen leben müssen und jeden August arbeitslos sind, jetzt müssen wir auch noch diesen Ein-Euro-Job akzeptieren, damit wir im August nicht völlig ohne Einkommen sind", ereiferte sich Mosinger und nahm einen tiefen Schluck aus seinem Glas.

„Zeltlager betreuen! Was für ein …", schimpfte Petersen.

„Dafür habe ich nun Chemie studiert! Das sollen sie gefälligst die SozPäds machen lassen! Die können das besser. Und da gibt es genug Arbeitslose." Dr. Leitner, sonst so gelassen, war äußerst ungehalten.

„Na, na, nicht die Kollegen von der Sozialpädagogik herabsetzen. Die machen einen guten Job." Dr. Abeles Frau war Sozialpädagogin.

„Ist ja gut, weiß ich ja", entschuldigte sich Dr. Leitner, „aber – das Ganze ist doch für nichts gut!"

„Sehe ich anders", meinte Gruber, die Kunsterzieherin, Mutter von drei Kindern. „Sehen Sie, es gibt doch viel zu wenig Ferienbetreuung für Kinder, und die Eltern müssen nun einmal mit den Urlaubstagen auskommen, die ihnen tariflich zustehen. Wenn nun die Bundesagentur die Städte dazu bekommen hat, die Zelte und den Platz zu stellen, und uns als pädagogische Fachkräfte …"

„… für einen Hungerlohn!", warf Petersen ein, „und ohne uns zu fragen!"

„… dann ist das für die Kinder doch eine Chance", fuhr Gruber ungerührt fort. „Nein, für die ganzen Familien."

„Na, dann viel Spaß", knurrte Petersen und winkte dem Ober mit dem leeren Bierglas.

Mosinger beugte sich über den Tisch und fragte: „Und wann haben dann wir Urlaub?"

„Ostern, Pfingsten, Weihnachten", überlegte Gruber, „man muss dann eben regeln, dass wir da keine Korrekturen, Vorbereitungen und dergleichen durchzuführen haben."

„Und wer regelt das?", fragte Petersen.

Dr. Abele schlug plötzlich auf die Tischplatte und strahlte. Alle schauten ihn verblüfft an.

„Wir machen ein Projekt daraus!", rief er. Die anderen sahen ihn an, als ob er endgültig den Verstand verloren hätte. Dr. Abele, der verhinderte Schriftsteller, der den Lehrerjob angenommen hatte, damit seine Familie ein beständiges Einkommen hatte. Na ja, außer im August.

„Abenteuerurlaub", fuhr Dr. Abele nun versonnen fort, „das mögen die Kinder doch. Als erstes kann Frau Gruber die Zelte mit ihnen gestalten. Der Fantasie sind keine Grenzen gesetzt. Wir nehmen zum Beispiel die übriggebliebenen Arbeitsblätter des letzten Schuljahres, die Erlasse des Ministeriums mit dem hübschen Logo, ein paar Scheren, Klebstoff – was Ihnen so einfällt, Frau Gruber. Und dann ... mal sehen. Ja, wir entwerfen Kettenbriefe. An sämtliche Mitarbeiter der Bundesagentur für Arbeit, zumindest an die für uns zuständigen. Und an die Politiker. ‚Keine Arbeit in den kleinen Ferien'. Mir fällt schon was ein, womit wir ihnen drohen können. Das mache ich doch gern. Und Sie, Herr Petersen, übertragen das mit den Kindern dann auf Englisch, für die EU-Politiker. So richtig schön international. Das macht Eindruck. Und ..."

Dr. Leitner schnipste mit den Fingern. „Und wir nehmen ein paar Kerzen mit. Da gibt es doch das schöne Experiment, Pfeffer in eine Flamme zu streuen. Puff, Stichflamme!"

Entsetzte Gesichter: „Aber … damit bringen wir doch die Kinder in Gefahr!"

Dr. Leitner winkte ab. „Wir machen es draußen. Und wenn sie es kapiert haben, dann – im Papier-geschmückten Zelt."

„Ja!" Jetzt hatte auch Sportlehrer Mosinger Gefallen daran gefunden. „Und dann joggen wir zum Bach, um Löschwasser zu holen. Eimerkette wie im Mittelalter!"

„Den Urlaub vergessen sie so schnell nicht", meinte Petersen.

„Und die Bundesagentur auch nicht", schloss Dr. Abele vergnügt.

St. Bartl

Mit einem weithin hörbaren Krachen brach der Dachstuhl ein.

„Heilige Mutter Gottes!" – „Heiliger Bartl!" – „Heiliger Florian!" Die Umstehenden stießen Schreie aus, schauten mit einer Mischung aus Verzweiflung und Neugier teils zum Himmel auf, teils den Feuerwehrleuten zu, die konzentriert ihre Schläuche auf die Brandherde hielten. Einer der Helfer hielt den Mann im schwarzen Gewand fest, der in den Kircheninnenraum eindringen wollte, aus dem unverändert die Flammen schlugen, knisternd, brüllend.

„Herr Pfarrer, bitte! Das hat doch keinen Sinn! Und Sie haben doch selbst gesagt, es kann niemand mehr drin sein!"

„Aber die Muttergottes! Ich muss, hören Sie, ich muss sie retten!"

Die neben ihm stehende alte Frau strich ihm über den Arm, nickte stumm, das Gesicht von Tränen überströmt.

„Hören Sie", drängte der Pfarrer, „und wenn es das letzte ist, was ich tue, ich muss sie retten! Sie ist so wichtig, für die ganze Gemeinde!"

„Herr Pfarrer, es *wird* das letzte sein, was Sie tun. Und dann werden Sie mitsamt der Muttergottes in den Flammen umkommen. Sie ist es womöglich jetzt schon." Der Feuerwehrmann hielt ihn weiter fest. „Es ist doch nur ein Bild, beruhigen Sie sich bitte. Alle ihre Schäflein sind in Sicherheit."

„Aber es ist doch ein wundertätiges Bild", sagte die alte Frau leise, während die Tränen weiter flossen, „es hat doch schon so viel Gutes getan. Meinen Ferdl hat sie gerettet, die Muttergottes, auf den richtigen Weg zurückgebracht, weil ich vor ihr gebetet hab, ach, so oft gebetet hab. Wer soll uns denn dann Trost und Hilfe sein, wenn sie nicht mehr ist?"

Ein Mann im Geschäftsanzug kam herangelaufen, griff den Pfarrer fest am Arm und nickte dem Feuerwehrmann zu. „Gehen Sie nur, ich passe auf ihn auf."

Der Pfarrer wandte sich dem Mann zu. „Herr Krieger, unsere schöne Kirche, unsere schöne Kirche."

„Herr Pfarrer, sie ist nicht mehr zu retten. Oder zumindest ist nicht mehr viel zu retten. Jetzt geht es darum, dass der Brand nicht auf die Häuser ringsum übergreift."

„Oh Gott." Der Pfarrer barg das Gesicht in den Händen. „Was habe ich gesündigt, was habe ich nur getan, dass ich, ja, dass wir alle so gestraft werden."

Der Mann, der seinen Arm vorsichtshalber weiter festhielt, sagte kopfschüttelnd: „Herr Pfarrer, es ist ein Brand, keine Höllenstrafe. So etwas passiert. Eine Kerze umgefallen, in die Trockensträuße vor dem Kripperl, möglicherweise. Nur so als Beispiel. So etwas passiert. Gott sei Dank nur selten, aber immerhin."

Der Pfarrer ließ die Hände sinken, schüttelte den Kopf und schaute unglücklich in die Flammen. Krachend barsten weitere Balken und polterten hinunter. Der Pfarrer zuckte zusammen, als hätten sie ihn persönlich getroffen.

„Das ist die Strafe", flüsterte er.

„Ach, Herr Pfarrer", mischte sich die alte Frau wieder ein, „Sie haben doch nicht gesündigt, Sie doch nicht. Das waren die, die da ...", sie warf einen zornigen Blick zu einer kleinen Gruppe von Menschen, die in der Nähe des Hauptportals standen und gebannt die Löschaktion beobachteten. Der Pfarrer folgte ihrem Blick und rief: „Frau Herbst, schauen Sie nur. Schauen Sie nur. Ach Gott."

Die Angesprochene löste sich aus der Gruppe und kam zum Pfarrer herüber.

„Tja", sagte sie trocken, „nun müssen wir wohl nicht weiter um die Innenrenovierung kämpfen, Herr Pfarrer."

„Frau Herbst!", rief der Pfarrer empört, „wie können Sie jetzt an so etwas denken, angesichts ..."

Die Frau kam nah an ihn heran und flüsterte: „Mal ehrlich, konnte uns was Besseres passieren? Jetzt können wir neu anfangen, ohne barocke Altlasten, ohne Aberglauben an wundertätige Bilder und das ewige ‚da könnte ja jeder kommen'."

Der Pfarrer trat einen Schritt zurück und schaute sie mit offenem Mund an. „Frau Herbst", sagte er schließlich mühsam, „das … kann … nicht … Ihr Ernst …"

Sie warf einen Blick zu Herrn Krieger, der ihr leicht zunickte. Ein Mann in Sanitäterkleidung kam aus dem Pfarrhaus, blickte suchend umher und steuerte dann auf die Gruppe um den Pfarrer zu. Ihm folgte, vor Aufregung heftig atmend, eine Frau, die durch ihre hagere Gestalt auffiel. Der Sanitäter blieb vor dem Pfarrer stehen und sagte: „Ihr Mesner hat ein wenig Rauch eingeatmet, aber es ist nicht bedrohlich. Er ist rechtzeitig raus. Wir bringen ihn zur Vorsicht jetzt ins Krankenhaus. Was wollte er denn eigentlich noch da drinnen? Er hat doch gesehen, dass es brannte! Konnten denn da noch Menschen drin sein?"

Der Pfarrer schüttelte den Kopf. „Um die Zeit nicht. Die Kirche ist abgeschlossen über Nacht, da war niemand drinnen. Nur der Heiland, und den hat er noch geholt, der gute Mann."

Der Sanitäter runzelte die Stirn und sah konsterniert die Umstehenden an. Die hagere Frau war jetzt herangekommen und ergänzte: „Der Mesner hat natürlich noch den Heiland aus dem Tabernakel geholt", und nach einem Blick auf die fragenden Gesichter ringsum: „die geweihten Hostien."

„Hostien?" Der Sanitäter schüttelte verwirrt den Kopf. „Aber das ist doch Brot! Das muss man doch nicht retten!"

„Das ist unser lebendiger Herr Jesus Christus", entgegnete die hagere Frau empört, „Sie wollen unseren Herrn bei lebendigem Leibe verbrennen lassen, der für uns alle, ja, auch für Sie, am Kreuz gestorben ist?"

Der Sanitäter schüttelte den Kopf, murmelte etwas wie: „Was nun, lebendig oder tot", und wandte sich ab, um zum Pfarrhaus zurückzugehen.

„Warten Sie", sagte der Pfarrer, plötzlich in die Realität zurückkehrend, „ich gehe mit Ihnen, ich muss mich ja um den Mesner kümmern."

Die hagere Frau blickte zwischen Krieger und Herbst hin und her. „Das ist der Lohn", sagte sie, „das ist die gerechte Strafe für all Ihre Streitereien im Pfarrgemeinderat. Ich hab's Ihnen immer gesagt, der Herrgott duldet das nicht." Sie drehte sich um, Empörung in jeder ihrer Bewegungen, und folgte dem Pfarrer.

„Wie mag es denn wohl passiert sein?", überlegte Herr Krieger halblaut.

„Ein paar Kerzen zu viel vor der Wundermadonna?", sagte Frau Herbst, und in ihrer Stimme schwang Befriedigung mit. „Sie wissen doch, wenn alle Ständer voll sind, stellen die Leute die Kerzen irgendwo auf, auf der Brüstung vor dem Bild, auf dem Boden, was weiß ich."

„Aber die löscht der Mesner dann doch, bevor er abends die Kirche abschließt", meinte Herr Krieger verwundert.

„Ach ja?", sagte Frau Herbst, versonnen in die allmählich kleiner werdenden Flammen blickend. „Sind Sie sicher?"

„Aber das ist doch seine Aufgabe!"

„Seine Aufgabe ist es, die Kirche abzuschließen, und, wenn es gutgeht, vorher zu schauen, dass niemand mehr drin ist. Das wurde ihm aufgetragen, und genau das tut er auch."

„Was soll denn das heißen, ‚wenn es gutgeht'?" Herr Krieger war leicht amüsiert. Frau Herbst zog ihn ein paar Schritte zur Seite.

„Na ja, mich hat er schon mal in der Kirche eingeschlossen. Erinnern Sie sich, vor einem halben Jahr? Da habe ich noch die letzten Blumendekorationen für die Firmung angebracht, am Samstagabend, und plötzlich höre ich den Schlüssel, und dann waren alle Türen zu. Alle."

„Das wusste ich gar nicht. Was haben Sie dann gemacht? Dort übernachtet?"

„Den Teufel – pardon." Frau Herbst schaute sich um. Niemand war in Hörweite, alle Umstehenden waren mit Brand und Feuerwehr genug beschäftigt. „Ich habe genau das hier versucht: Rauch erzeugen, um die Rauchmelder zu aktivieren, die wir ja Gott sei Dank, trotz des Widerstands beim Denkmalschutz, haben. Ich habe die vor sich hin trocknenden Tagetes-Pflänzchen vor dem Kriegerdenkmal angezündet. Ich hätte auch noch mehr angezündet, denn viel gaben die nicht her, aber dann kam mein Mann und wollte mich abholen, und der hat dann im Pfarrhaus Stunk gemacht, als er mich nicht finden konnte. Seitdem geht er gar nicht mehr in die Kirche. Die Tagetes habe ich dann heimlich entfernt. Gemerkt hat es niemand."

„Sauber!", meinte Herr Krieger, „das hätte aber auch sauber nach hinten losgehen können. Wenn das nun einen Brand gegeben hätte, und Sie eingesperrt in der Kirche?"

„Manchmal muss man Opfer bringen für Höheres!", lachte Frau Herbst. „Und ich glaube, da gehört schon einiges dazu, ein solches Feuer hinzukriegen." Sie wies fast bewundernd zur Kirche hinüber. „Ich frage mich auch, wie das passiert ist. So viel Brennbares ist, pardon: war da ja gar nicht drin."

Herr Krieger nickte. „Ich weiß. Ich hab's mal versucht mit dem Strohblumenzeugs vor dem Kripperl. Dieser Schnickschnack ist mir ein Gräuel. Bar jeder Historizität oder jeder ernsthaft religiösen Aussage – hach, und jetzt sind sie verbrannt." Er nickte erneut, zufrieden.

Frau Herbst war interessiert. „Ehrlich? Und wie haben Sie das gemacht? Ohne dass es einer merkt?"

„Bin als letzter raus bei der Ewigen Anbetung. War ganz einfach. Aber am nächsten Tag war das Strohzeugs weggebrannt, und mehr war nicht passiert. Der Mesner wird sich gewundert haben, aber ich hab ja meine Kerze so hingelegt, als sei sie aus Versehen umgekippt. Und der Pfarrer wird es für Gottes Fügung gehalten haben."

„Sie Teufelskerl!" Frau Herbst schmunzelte. „Ganz im Vertrauen, ich erzähle Ihnen noch was. Vor der letzten Erstkommunion, also nach der Probe, da haben sich zwei von den Kindern im Beichtstuhl versteckt und mit Opferkerzen gekokelt. Meine Freundin, die Birgit Moser, hat es zufällig bemerkt, als sie den Mesner gesucht hat, um ihn was zu fragen. Naja, die zwei kamen dann hustend und mit tränenden Augen aus dem Beichtstuhl gestürzt, der schon ganz voll Rauch war, und die Birgit hat sie am Schlafittchen gepackt und aus der Kirche gezogen. Hat ihnen die Leviten gelesen und sie nach Hause geschickt."

„Und der Brandherd? Hat den der Mesner gelöscht?"

„Keine Ahnung. Birgit hat niemandem Bescheid gesagt, soviel ich weiß, aber wahrscheinlich hat das Feuer sich von selbst erledigt. Ist quasi an Rauchvergiftung eingegangen."

Jetzt mussten beide lachen, wohl etwas zu laut, denn die alte Frau, die noch immer weinte, drehte sich empört zu ihnen um. Beide verstummten, warfen sich einen Blick zu und beobachteten eine Weile schweigend die Kirche, die verkohlten Balken des Dachstuhls, die wie Skelettreste in den Morgenhimmel ragten, die immer wieder aus der Mitte aufleckenden Flammen, die Rauchschwaden über dem gesamten Häuserblock, die schmutzige, nasse Straße, die Feuerwehrleute, die mit ihren Schläuchen auf die letzten Brandherde zielten, aber schon erheblich entspannter wirkten. Einer von ihnen war mit einem Streifenpolizisten beiseite gegangen und stand nun wieder neben seinen Kollegen.

„Ich weiß nicht recht, sieht mir nach Brandstiftung aus", meinte er. „Ich hab mal dem Polizisten Bescheid gegeben."

„Wer zündet denn eine Kirche an? Und warum?", gab ein Kollege zur Antwort. „Wer hat denn davon was?"

Ein anderer Feuerwehrmann lachte und rief herüber: „Wir! Endlich mal wieder gescheit Zunder!"

Die alte Frau horchte auf und lief zu ihm hinüber.

„Ferdl, da bist du ja! Aber dass du dich nicht versündigst! Du hörst dich ja an, als wäre es ein Spaß, eine Kirche abzubrennen!"

Der junge Mann warf ihr einen Blick zu und schwieg. Sie fuhr fort: „Ferdl, ich hab so vor der Muttergottes gebetet, für dich, weißt schon, damals. Und nun ist sie – oh Gott." Sie schüttelte den Kopf, und die Tränen flossen wieder.

„Mutter, geh, hör auf", knurrte der junge Feuerwehrmann unwirsch, „ist ja gut. Ich bin trotzdem nicht Pfarrer geworden, nur Feuerwehrmann, und dann noch Aushilfsmesner. Ich weiß nicht, ob sie das gewollt hat, deine Muttergottes. Mir jedenfalls wäre es lieber gewesen, du hättest mir zugehört, damals, statt immer nur zu ihr zu rennen." Die letzten Worte hatte er leise gesagt, und es war unklar, ob die Mutter sie gehört hatte.

Der Sanitätswagen mit dem Mesner war inzwischen abgefahren, und der Pfarrer trat wieder vor die Kirche, ging nun von einem Feuerwehrmann zum anderen, um jedem persönlich ein paar gute Worte zu sagen. Die meisten nickten nur. Zuletzt kam er zu Ferdl.

„Ferdl, da tust du nun was du kannst für deine Kirche, und schau, wie wenig du tun kannst. Der Herrgott hat es so gewollt, dass sie brennt. Ob wir je herausfinden, was er uns damit sagen will?"

„Der Herrgott? Der Herrgott hat es gewollt?" Ferdl lachte. „Bleiben Sie mal bei Ihrer Meinung."

Der Einsatzleiter rief dazwischen: „Zweiter Löschtrupp kann jetzt abrücken!"

Das Wasser aus Ferdls Schlauch wurde weniger, tröpfelte nur noch, hörte ganz auf. Ferdl beobachtete, wie vom Wagen her der Schlauch auf die Trommel gedreht wurde und sagte: „Na, das war's dann, Herr Pfarrer. Tschüss und noch einen schönen Tag."

Er ging zu seinen Kollegen vom zweiten Löschwagen und griff in die Hosentasche. Vergnügt pfeifend, ließ er einen altmodischen Schlüssel, auf dem ein Kreuz abgebildet war, um seinen Finger kreisen und kletterte auf den Wagen.

Eine Abschiedsrede

Sehr geehrter Herr Pfarrer, liebe Gemeinde.

Ich wurde ausersehen, verehrter Herr Pfarrer, zu Ihrem wohlverdienten Abschied in den Ruhestand ein paar Worte zu sagen. Zu viel der Ehre, wehrte ich ab! Wer kann diese Jahre messen, wer kann sie würdigen! Aber ich werde es versuchen.

Wenn ich zurückblicke – wie viel Leben, wie viel Spannung haben Sie in unsere kleine Vorstadtgemeinde gebracht! Sie waren noch keine drei Monate da, da war der Altarraum bereits neu gestaltet, die Aufgaben von Lektor und Mesner neu definiert, die Sonntagsliturgie aus ihrem „So war es immer schon" herausgeholt und frisch geputzt vor unseren erstaunten, mitunter erschrockenen Augen in neuem Glanz zelebriert, wie es ihn seit dem Zweiten Vatikanischen Konzil nicht mehr gab.

Sehr bald haben Sie uns klar gemacht, worauf es in der Kirche ankommt. Ja, wir haben unsere alte Kirche unter Ihrer kundigen Leitung mit neuen Augen sehen gelernt. Sie haben uns gezeigt, was Heilige Orte sind. Sie haben nicht nur die bisherigen zwei Seitenaltäre besser herausgestellt, nein, einen lang entbehrten dritten Seitenaltar haben Sie auch wiederentdeckt. So beten wir nun inbrünstig nicht mehr nur zu dem einen Gott, nicht mehr nur zur heiligen Maria und unserem Kirchenpatron, nein, auch der heilige Josef, von Ihnen jederzeit zärtlich „Bräutigam der Gottesmutter" genannt, steht nun und für immer in unserem Fokus.

Aber genug der liturgischen Erneuerung, die Sie uns gebracht haben – welch weiser und einfühlender Führer und Leiter waren Sie uns, Ihrer Gemeinde!

Ich erinnere nur an Frau Alberts, die bei Ihnen Zuflucht suchte, weil ihr Mann sie in seiner Trunksucht schlug. Liebreich haben Sie sie angehört, immer wieder, und ihr wiederholt, was der Herr uns gelehrt hat: Auch die andere Wange hinzuhalten. – Leider kann sie heute nicht unter uns sein, da sie seit ihrer Querschnittslähmung das Haus nicht mehr verlassen kann.

Oder meine Nachbarin, Sie erinnern sich? Großen Ärger gab es auf ihrer Arbeitsstelle, Ärger, für den die Modernisten das schreckliche Wort „Mobbing" erfunden haben. Sie, Herr Pfarrer, haben sie reden lassen, ihre Tränen getrocknet, sie unermüdlich darauf hingewiesen, den ersten Schritt zu tun, freundlich auf die Kollegen zuzugehen, deren Worte und Taten mit Güte zu vergelten. Und – das, liebe Gemeinde, das verdient unsere besondere Hochachtung – Sie haben ihr nach dem Selbstmord die christliche Aussegnung nicht verweigert. Und das an Ihrem freien Tag.

Ein Wort auch zu Ihrer stets segensreichen Jugendarbeit. Wir wissen alle, wie anstrengend die Heranwachsenden sein können, wenn sie fragen und zweifeln, wenn sie lachen und den Kopf schütteln, statt schlicht zu glauben. Nimmermüde haben Sie ihnen erklärt, wie Gott die Welt gewollt hat, haben stets gewusst, was unser Herr von ihnen erwartet, und Ihre Schuld ist es gewiss nicht, dass sie alle nach und nach weggeblieben sind. Sie haben sie gewarnt vor den Verführungen des Versuchers, vor Alkohol wie auch vor Geschlechtsverkehr, ja, so eindringlich sind sie gewiss von keinem anderen gemahnt worden. Allein, vergeblich, dieses Päckchen tragen Sie nun schon so lange mit sich herum. Dass es Sie nicht loslässt, sieht man oft, wenn Sie Abend für Abend drüben im Ochsen sitzen, Schoppen für Schoppen leeren und traurig hinüberschauen zum Gymnasium.

Stets haben Sie die Musik geliebt, und unsere Orgel in Schuss zu halten, war Ihnen so manche Kollekte wert. Unter Ihrem sanften Druck wurde so mancher zwar leidenschaftliche, aber nur mittelmäßige Sänger aus dem Kirchenchor hinauskomplimentiert, so dass wir nun zu allen Hochfesten einen kleinen, aber bestens aufgestellten Chor genießen können, der uns Bach, Mozart und Rheinberger zu Gehör bringt, so dass es gar nicht mehr auffällt, dass die Gemeinde schon lange nicht mehr singt.

Als in den jetzigen unruhigen Zeiten Flüchtlinge aus arabischen Ländern mehr und mehr in unserer Heimat auftauchten, viele von ihnen muslimischen Glaubens, auch da haben Sie stets gewusst, worauf es ankam. Stets war den Flüchtlingen eine Fürbitte gewidmet, entweder die klassische Bitte um ihre Bekehrung zum einzig wahren Glauben, oder, weitsichtig wie nur Sie sind, die Bitte für uns, für unsere Gemeinde, dass uns die Last nicht zu groß werde. Wie der Herr Jesus haben Sie gefleht, dass der Kelch an Ihnen und uns vorbeigehen möge – und wie beim Herrn Jesus blieb uns trotzdem das Ärgste nicht erspart: Eine sehr arme, kranke Familie bat um Kirchenasyl. Doch Sie, unser Hirte, wussten auch hier Rat: Mit Leichtigkeit wiesen Sie nach, dass es dafür keinen Platz gab im Kirchenareal: Kirchenraum und Krypta heilige, nur dem Gottesdienst geweihte Räume, Kindergarten, Jugend- und Festräume im Jahreszyklus der Gemeinde voll und ganz eingeplant, die Kellerräume voller Vorräte, Dekorationsmaterial und Messwein, das nur dreistöckige Pfarrhaus gerade ausreichend für Büro, Sprechzimmer und Ihre Wohnung.

Nun wird sie frei, Ihre Wohnung, nun ziehen Sie in den Ruhestand, nun wird Ruhe einkehren, in Ihrem und in unserem Leben. Wieder müssen wir uns neu einrichten, wer weiß, was kommt?

Nehmen Sie unsere besten Wünsche mit, dazu diese Kiste Frankenwein, wir haben, da wir Ihre übergroße Bescheidenheit kennen, den einfachen genommen, und gehen Sie! Gehen Sie in Frieden. Wir jedenfalls lassen Sie in Frieden gehen.

Lust auf mehr?

- www.hutt-edv.de – immer wieder neue Kurzgeschichten und weitere Veröffentlichungen.

- Brigitte Hutt
  Tod des Autors. Kein Kriminalroman
  100fans, ISBN 978-3-95705-020-5

  Wie gut kennen wir die Menschen, die wir lieben?
  Ein Roman, der über sieben Jahrzehnte und drei Kontinente reicht und doch ganz in der Gegenwart spielt, eine Geschichte über Menschen, die mitten im Leben stehen – aber welches ist ihr wirkliches Leben?

- Brigitte Hutt
  fremd. Das Ende einer Reise
  bod, ISBN 978-3-7528-2178-9

  Glauben Sie, dass es intelligentes Leben auf fernen Planeten gibt? Wenn ja, könnte diese Geschichte auch in Ihrem Leben passieren. Vielleicht gerade jetzt …
  Zwei Zivilisationen, die unterschiedlicher nicht sein könnten, prallen aufeinander, und das in ein und derselben Person.

- Der Online-Bookshop mit Autorenbeteiligung:
  https://shop.autorenwelt.de/